# 巴黎，不散的饗宴

## 海明威的巴黎歲月

海明威——著
Ernest Hemingway
劉俐——譯

# 巴黎，不散的饗宴：海明威的巴黎歲月
A Moveable Feast


作　　　　者　海明威（Ernest Hemingway）
譯者、內頁攝影　劉俐
責 任 編 輯　劉憶韶

版　　　　權　黃淑敏、吳亭儀
行 銷 業 務　周丹蘋、周佑潔、賴正祐、黃崇華
總　　編　　輯　劉憶韶
總　　經　　理　彭之琬
事業群總經理　黃淑貞
發　行　人　何飛鵬
法 律 顧 問　元禾法律事務所　王子文律師
出　　　　版　商周出版　台北市104民生東路二段141號9樓
電話：(02)25007008　傳真：(02)25007759
Email：bwp.service@cite.com.tw
發　　　　行　英屬蓋曼群島商家庭傳媒股份有限公司城邦分公司
台北市中山區民生東路二段141號2樓
書虫客服服務專線：02-25007718 02-25007719
24小時傳真專線：02-25001990 02-25001991
服務時間：週一至週五 9:30-12:00 13:30-17:00
劃撥帳號：19863813　戶名：書虫股份有限公司
讀者服務信箱Email：service@readingclub.com.tw
香 港 發 行 所　城邦（香港）出版集團有限公司　香港灣仔駱克道193號東超商業中心1樓
Email：hkcite@biznetvigator.com
電話：(852)25086231　傳真：(852)25789337
馬 新 發 行 所　城邦（馬新）出版集團　Cite（M）Sdn Bhd
41, Jalan Radin Anum, Bandar Baru Sri Petaling, 57000 Kuala Lumpur, Malaysia.
Tel :（603）90578822　Fax :（603）90576622　Email：cite@cite.com.my

巴黎地圖繪製　小瓶仔
封 面 設 計　朱疋
攝影頁面設計　顧力榮
排　　　　版　藍天圖物宣字社
印　　　　刷　卡樂彩色製版印刷有限公司
總　　經　　銷　聯合發行股份有限公司　新北市231新店區寶橋路235巷6弄6號2樓

2021年12月30日初版
定價350元




讀者回函卡


國家圖書館出版品預行編目（CIP）資料

巴黎,不散的饗宴：海明威的巴黎歲月/海明威（Ernest Hemingway）著；劉俐譯. -- 初版.
-- 臺北市：商周出版：英屬蓋曼群島商家庭傳媒股份有限公司城邦分公司發行, 2021.12
面；　公分
譯自：A moveable feast
ISBN 978-626-318-105-2（平裝）

874.6　　　　110020495

# 關於海明威

海明威（1899-1961）是一位高度自律的作家，一生沒有停過筆。他的小說造就了眾多好萊塢經典（戰地鐘聲、戰地春夢、雪山盟、老人與海等等），電影也使海明威文名遠播。但他卻不是一個守著書房的文人，他喜歡冒險、釣魚、爬山、滑雪、打獵、鬥牛，兩次投入世界大戰，還參加過西班牙內戰，釣過七米多長的大魚。有過四位妻子和眾多情人，沉迷於酒精和雪茄。他的人生比他的小說更精彩，功成名就（先後得過普立茲和諾貝爾文學獎），他用自己選擇的方式，離開了人世。

# 譯序

劉俐

海明威在二十二歲時（一九二一）來到巴黎，正值一次大戰結束，法國揮別戰爭的恐懼與匱乏，重獲自由，整個社會沉浸在歡樂的氛圍中，迫切地享受當下，尋歡作樂，夜夜笙歌，展開了一段熱鬧喧囂的「瘋狂年代」（Les Années Folles, 1920-1929）。

海明威筆下「懂得開人生玩笑」的帕辛，每晚吆喝著一批模特兒、吉普賽人和遊手好閒之徒，從一家夜店鬧到另一處酒吧，直到天亮。拉博喝醉了就到街上跟汽車鬥牛，阿波里奈爾牽著他的寵物龍蝦招搖過市……巴黎容許理直氣壯地荒唐度日。

相對於英國維多利亞時代的壓抑和美國的清教徒傳統，巴黎的自由、包容和文化活力，吸引了全世界的藝術家、作家到這裡尋找更好的創作環境與成功的機會。

當喬艾斯（James Joyce）的《尤利西斯》（*Ulysses*）因內容與形式過分大膽在美國被禁，巴黎為他出版；當王爾德（Oscas Wilde）因同志戀在英國受盡凌辱，是巴黎接納了他；當黑人在美國被隔離，飽受歧視，巴黎擁抱非洲藝術：非裔藝人約瑟芬・貝克（Josephine Baker）以一齣黑人音樂劇《La Revue Nègre》轟動巴黎，成為「瘋狂年代」的偶像人物，葛希文（George Gershwin）的《一個美國人在巴黎》（*An American in Paris*）使爵士樂風靡一時，畢卡索也從非洲藝術中找到全新視野。巴黎包容各種性向、各種宗教、各類人種。

當時聚集在巴黎的藝術家，許多成為藝術史上閃亮的名字，如俄國的夏卡爾（Marc Chagall）、蘇丁（Chaïm Soutine）、保加利亞的帕辛、義大利的莫迪利亞尼（Amedeo Modigliani）、波蘭的季斯林（Kisling）……從各種不同種族與文化的碰撞中，誕生了「巴黎畫派」（École de Paris）。常玉也恭逢其盛，但他生性孤傲，家財散盡，潦倒以終。而個性張揚、喜歡奇裝異服的藤田嗣治（Foujita）卻如魚得水，成了巴黎畫派的風頭人物。

藝術家們相濡以沫，也會激辯不休，咖啡館就是他們的聚會之所，特別是各據蒙帕那斯大道（Boulevard Montparnasse）一角的「圓頂」（La Coupole）、圓亭（Rotonde）、穹頂（Dôme）形成一個文藝三角洲，每一個嚮往藝術的年輕人都要到這裡過一段波西米亞的日子。三餐不繼，就把畫作典押給咖啡館，或幫客人畫像。一九二四年開張的「精英」（Select）咖啡館，整夜開放，使蒙帕那斯一帶的歡宴徹夜不眠。揮霍不盡的活力使它成為各種新藝術的實驗場：立體派、野獸派，還有顛覆中產價值的超現實主義，他們的聚會經常上演全武行：相互叫囂、大打出手，甚至跳上桌子，吊在水晶燈上玩空中飛人，直到驚動警察來收場……

在大批湧入巴黎的外國人中，美國人最多，從戰前的六千人，最多時達五萬。因為美金比戰前漲了五倍，「五美元夠兩個人過一天，還可以旅行。」一同時美國從一九二〇年起推行全國禁酒令（Prohibition），禁止釀造、運輸和銷售含酒精飲料。而在歐洲，海明威寫道：「喝酒和吃飯一樣自然。」他和喬艾斯可以日以繼夜，從天黑喝到天明，各灌下二十杯威士忌。他不只喝威士忌，也接觸到法國各產區的葡萄酒。這位重感官的作家，對吃的、喝的從不含糊：從葛楚史坦家的紫梅燒酒到「丁香園」的蘭姆到佐餐的葡萄酒，都詳加記載[1]，巴黎給了他酒文化的啟蒙。

海明威不但有幸在年輕時住過巴黎，還遇上巴黎最璀璨的年代，與眾多各自精彩的人物相遇：葛楚史坦、龐德、費滋傑羅、喬艾斯、畢卡索等。同時，他大量閱讀、旅行、逛美術館和畫廊……這豐富的饗宴，他受益終生。

二〇年代之後，他不斷重遊，巴黎是他一生的至愛。一九六一年六月二日飲彈自盡時，他書桌上、打字機旁就放著這本寫給巴黎的情書——紀念他年輕時那段「很窮但很快樂」的日子。

海明威昔日流連之處，多成為巴黎的觀光地標：莎士比亞書店、丁香園、穹頂咖啡、力普小酒館……他住的左岸拉丁區一帶已是巴黎房價最高之處，各種名牌精品店大舉進駐，小出版社、書店、電影院只能一一撤離。

然而，「在巴黎這個城市裡，不管你多窮，都能活得很好。」飢腸轆轆時，還可以去看塞尚。只要塞納河無恙，「河邊永遠不會寂寞」。河岸有看不完的藝術品，從羅浮到奧賽，從大洋洲博物館到阿拉伯文化館，河畔的舊書攤依然是一條結合自然與人文的風景線。夏日黃昏，可以站在藝術橋上看滿天彩霞，待夜幕低垂，對街貝聿銘的金字塔就亮燈了。

海明威的巴黎不再，但巴黎永遠是一席饗宴。

1 海明威的作品中，什麼樣的人物在什麼樣的情境喝什麼酒都有講究，見Philippe Greene《一杯接一杯》（*To have and have another: A Hemingway Cocktail Companion*），（諧仿海明威的作品《To have and to have not》）

如果你有幸在年輕時
住過巴黎，那麼巴黎會跟著你
一輩子，因為巴黎是一席
不散的饗宴

——海明威致友人，一九五〇

# 目錄

# 序

作者基於充分的理由，將書中許多地點人物、還有自己的觀察和印象略過不提，其中有些是機密，有些是眾人皆知、都寫過而且還會繼續不斷書寫的事。

書中沒有提到安娜塔西亞體育場（Stade Anastasia）（那兒的拳擊場在花園中，餐桌放在樹下，拳擊手兼當服務生），也未曾提及跟賴瑞．甘斯（Larry Gains）一起的訓練和在「冬季馬戲場」（Cirque d’hiver）二十回合的熱戰。沒有查理．史威尼（Charlie Sweeny）、比爾．伯德（Bill Bird）和邁克．史崔特（Mike Strater），也不見翁德瑞．馬頌（André Masson）和米羅（Miro）。略去了幾趟黑森林（Black forest）之旅和在我們喜愛的巴黎周邊森林的終日探索。如果能把這些都納入，當然很好，但眼下也只能如此了。

如果讀者願意，可以把這本書當小說讀，說不定這樣一本虛構小說能使讀者對書中記載的事實，有另一番領悟。

海明威

古巴三藩·德·波拉市（San Francisco de Paula, Cuba）

一九六〇

# 附記

海明威於一九五七年秋在古巴開始寫這本書，一九五八年冬至一九五九年初在愛達荷州凱琴姻（Ketchum Idaho）繼續，一九五九年四月我們一家前往西班牙時，他也帶著手稿，一九六〇年春在古巴完成，其間還另外寫了一部《危險的夏天》（*The Dangerous Summer*），描述的是一九五八年奧登內斯（Antonio Ordonnez）和L.M.多明魁（Luis Miguel Dominguin）在西班牙鬥牛場的一場激戰。一九六〇年在凱琴姻做了些修正，書中記述的是一九二一至一九二六年他在巴黎的那段日子。

瑪麗．海明威[1]

1 Mary Hemingway（1908-1986），海明威的第四任妻子。

# 第一章

# 聖米榭廣場的一家<br>舒適咖啡館

## A Good Café<br>on the Place St.-Michel

秋天剛過，一日之間天氣突然變壞了。夜晚我們得把窗戶關緊以防雨水打進來。護牆廣場（Place Contrescarpe）上的樹葉被寒風掃落殆盡，落葉就泡在雨水之中，風又把雨吹向停在終點站的那輛綠色大巴士上。行家咖啡館（Café de Amateurs）擠滿了人，熱氣讓窗戶上蒙了一層霧。這咖啡館陰沉且經營不善，是這一帶酒鬼聚集之處，我儘量避開。酒鬼渾身又髒又臭，一股宿酒的酸味兒。這家咖啡館的男男女女只要買得起酒，就終日沉醉酒鄉，他們買酒是以公升或半公升為單位的。咖啡館裡張貼著許多飯前酒的廣告，名稱稀奇古怪，很少人喝得起，頂多喝一點墊底，好繼續灌葡萄酒。女人喝醉了，被稱作「poivrottes」，就是「女酒鬼」的意思。

「行家咖啡館」是慕福塔街（rue Mouffetard）的污水溝。慕福塔街是一條狹窄擁擠、生意盎然的市集街，一直通到護牆廣場。那一帶的老公寓每層樓梯內都有一個蹲式廁所，糞坑兩側各有一個略略隆起的水泥腳蹲，以免房客滑跤。廁所穢物沖到化糞池裡，夜晚再由馬拉的水肥車來抽乾淨。夏日，所有窗子都開著，我們就會聽到抽汙水的聲音，還聞到刺鼻的氣味。水肥車漆成咖啡色和橘黃色，在月光下，它們駛入勒曼主教街（rue Cardinal Lemoine），那抽水肥帶著輪子的圓筒，簡直就像布拉格（Georges Braque）[1]的畫。「行家咖啡館」無人清理，牆上已經發黃的告示，明令嚴禁酗酒，違者重罰，但是告示破損模糊，無人理會，那些發著惡臭的顧客也照樣忠誠。

冬天幾場冷雨，整個城就驟然陷入陰鬱之中。散步時再也看不到高聳白色建築的屋頂，只剩街道上濕漉漉的一片黑，大門緊閉的鋪子、賣藥、賣文具、報紙，二流接生婆還有魏爾崙（Verlaine）[2]過世的旅館。我就在那家旅館頂樓租了一個房間寫作。

要爬六或八層才能到頂樓。上面非常冷，我知道要生個火讓屋子暖和起

---

1 Georges Braque（1882-1963），法國畫家、雕塑家。二十世紀初與畢卡索共同開創「立體主義」（Cubism），將大自然化約為幾何形體，影響深遠。

2 Paul Verlaine（1844-1896），法國象徵派詩人。

來，有多麼昂貴，那得要買一綑小樹枝，三把用鐵條捆好的短松木條，短得像半支鉛筆，用小樹枝引火，還要一綑半乾的硬木條，才能讓屋子暖火起來。然後我走到街的另一頭，在雨中眺望屋頂，看看煙囪是否冒煙、如何冒煙。結果一縷烟也不見，我想也許煙囪是冷的，根本生不了火，也許屋子裡都是煙，柴火都浪費了，錢也白花了。我繼續在雨中往前走，經過亨利四世高中（Lycée Henri IV）、古老的聖艾田杜蒙教堂（Church of St.-Etienne-du-Mont），還有寒風呼嘯的先賢祠廣場（Place du Panthéon）。為了躲雨，我轉向右側，最後從聖米榭大道背風的那一側走出廣場，再經過克呂尼博物館（Cluny）[3]和聖傑曼大道（Bd. St. Germain），終於來到聖米榭廣場上我熟悉的一家很好的咖啡館。

這是一家舒適怡人的咖啡館，溫暖、乾淨而且友善。我把雨衣掛上衣架晾乾，再把破舊不成形的氈帽放在長凳的架子上，點了一杯牛奶咖啡。服務生端了過來，我從大衣口袋裡取出筆記本和鉛筆，就開工了。我寫的是一個發生在密西根（Michigen）的故事。那日寒冬凜洌，冷風颼颼，故事裡的背景也是如此。我從童年、少年到成年時期都見過暮秋景色，有時換個地方要比在當地寫更好。我想，這就叫自我移植。而且這件事可能對人類和其他生物同等重要。

我故事裡的小夥子們在喝酒，我也覺得口渴，於是點了一杯聖詹姆士蘭姆酒（rum St. James）。冷天喝這種酒特別對味。我繼續寫，感覺通體舒暢，那上好的馬丁尼克島（Martinique）的蘭姆酒把我的身體和心靈一起暖和起來。

一個女孩走進咖啡館，獨自坐在臨窗的桌邊。她長得很漂亮，臉蛋清新有如一枚新鑄的錢幣——如果可以用柔滑的肌肉和雨水清洗過的皮膚來鑄錢幣的話。她的頭髮黑得像烏鴉的翅膀，俐落地一刀剪短，斜斜地遮住她的面頰。

看著她，讓我心神不寧，情緒高昂起來。但願能把她寫進我的小說，或者別的什麼作品裡。她挑了一個鄰街的座位，可以看到客人的進出。顯然她在等

---

3 Musée de Cluny，建於十四世紀，是法國現存保存最好的羅馬浴場遺址，後改建為「法國國立中世紀美術館」。

人，我繼續寫作。

故事自然流洩而出，我簡直來不及把它筆錄下來。我又點了一杯聖詹姆士蘭姆酒。每當我抬起頭或者用鉛筆刀削筆時，就會看那女孩一眼，任由那刨下來的捲曲筆屑落在酒杯下的碟子裡。

小美人，我看見妳了。不管妳在等誰，也許以後再也見不到妳，但此刻，妳是我的，整個巴黎都是我的，而我屬於這個筆記本和這支鉛筆。

我回頭寫作，沉浸在故事之中，全然忘我。現在是我在寫而不是它自己寫了。我沒抬過頭，忘了時間、忘了身在何處，也沒再點聖詹姆士蘭姆。似乎想也沒想，就對它失去了興趣。故事就這樣寫完了，精疲力盡。我把最後一段讀了一遍，然後抬頭尋找那個女孩，她已經走了，但願她是跟一個好男人走的。話雖如此，我仍有些悵然若失。

結束了筆記本中的故事，把本子放入外套的口袋內，然後向服務生點了一打葡萄牙生蠔和半瓶他們自家的白酒。每寫完一篇故事，我整個人被掏空了，亦喜亦悲，像是做完愛的感覺。我有把握寫了一個好的故事，但究竟有多好，要等第二天重讀一遍之後才能確定。

我吃著帶有濃重海味的生蠔，冰涼的白酒將生蠔些微的金屬味沖淡，只留下海的味道和鮮美的肉質。我飲盡殼裡涼涼的汁液，用清脆的白酒伴隨入胃。此時此刻那空洞的感覺一掃而空，我又興致勃勃地開始著手下一個計畫了。

既然天氣已經轉壞，我們可以離開巴黎一陣子，到一個乾燥飄雪的地方，看雪花從松林中落下，覆蓋道路和高聳的山坡。緯度高處，夜晚走路回家時，可以聽到雪地吱吱作響。在雷沙翁山（Les Avants）[4]下有一棟很棒的小木屋，供應膳宿，我們可以到那兒去，帶著我們的書，晚上暖暖地窩在床上，窗戶都敞開，滿天星光燦爛，那才是我們該去的地方。搭火車三等車廂很便宜，那裡的膳宿比起我們在巴黎的花費也貴不了多少。

4 Les Avants，瑞士著名度假勝地。

我可以退掉用來寫作的那個旅館房間，就只需要付勒曼主教七十四號的房租，那微不足道。我一直為《多倫多星報》寫報導，稿費也該到了。我可以在任何地方、任何環境下寫稿，我們有錢去旅行。

也許離開巴黎，我才能寫巴黎，就像身在巴黎才能寫密西根。那時我不知道，時機還不成熟，因為我對巴黎的了解還不夠，不過終究我還是寫出來了。反正只要太太想去，我們就去。我吃完生蠔，喝完酒，付了咖啡館的帳單，就抄近路回到在聖傑耶夫丘（Montaigne St. Geneviève）山頭上的公寓，一路淋著雨，這不過就是本地的壞天氣，影響不了我們的生活。

「這個計畫太好了，泰迪。」太太說，她有一張線條柔和的臉蛋。聽到我的計畫，她的眼睛和笑容都亮了起來，彷彿收到一個貴重的禮物。「我們什麼時候動身呀？」

「妳想走的時候就上路。」

「哇！我想馬上就走。難道你還不知道？」

「我們回來時，也許天氣就好轉、晴朗無雲了，乾爽的冷可以很舒服。」

「我相信一定會好轉的。」她說，「你能想到去旅行，真是太好了。」

第二章

# 史坦小姐的開示

## Miss Stein Instructs

我們回到巴黎，天氣寒冷乾爽，很是怡人，這個城市已經適應了冬天。對街賣木柴和煤炭的店鋪有很好的柴火。好一點的咖啡館都在戶外陽臺區放了碳盆取暖。我們的小公寓也溫暖歡愉，木柴上燒的是一種煤灰塑成的煤球。街道上，冬天的光線很美。現在你已經習慣天際光禿禿的樹木。當你學會接受，那些落光葉子的樹幹就是雕塑。踩著剛沖洗乾淨的石板路，穿過盧森堡公園（Luxembourg gardens）。寒風吹過池塘表面，噴泉在明亮的日光中閃爍。在山上待過一陣子之後，回到城裡，所有的路程都感覺很短了。

從山上回來，我不再介意小山頭的坡度，只覺得愉快。爬上我工作的旅館頂樓，從窗口可以俯瞰這一帶高地所有的屋頂和煙囪，真是一件樂事。屋裡的爐火旺盛，工作時溫暖舒適。我買了些小蜜橘和烤栗子，用紙袋裝著帶到屋裡。剝了很像蜜柑的桔皮，邊吃邊把皮丟入爐火中，籽也吐了進去，餓了就烤栗子吃。走路、天冷，加上工作，讓我老是覺得餓。在這山頭的小屋裡，我放了一瓶從山上帶回來的櫻桃酒，每當故事快寫完，或工作將結束時，就會喝上一杯。待一天的寫作完畢，再把筆記本或稿子放入桌子的抽屜，剩下的橘子則放在口袋裡帶走，不然留在屋裡過夜，會凍壞的。

走下一級級長長的階梯，想著工作進行得很順利，心情非常愉快。我總是在工作有了些成績才停筆，停工時一定要知道之後如何發展，如此，才能確信第二天可以繼續。可是有時候，一個故事開了頭卻寫不下去，我就會坐在爐火前，把小蜜橘的汁擠在火苗上，看它噴出藍色的火焰，或者站起身觀望窗外的屋頂，心裡想著：「別擔心，以前你能寫，現在也可以寫下去的，你該做的，就是寫出一個真真實實的句子，寫你知道的最真實的句子。」最終，我總能寫出一個真實的句子，從那兒繼續下去，就容易了，因為總能找到一個我知道或某日看過或聽來的真實句子。如果過度經營或者太像在介紹或推薦某種東西，我會把矯揉花俏的裝飾剔除，以一個真實簡單敘述性的句子重新開始。在那頂樓的小屋裡，我決定要把我知道的每一件事寫成一篇故事。我在寫作時，一直都是這麼努力的，這是很好的、嚴謹的紀律。

也是在那個房間，我學會在停筆到隔日再提筆之間，完全不去想正在寫的東西，希望如此一來，我的潛意識會開始運作，同時懂得傾聽他人，注意周遭；不斷學習，以閱讀避免沉浸於自己的作品，以致喪失寫作能力。如果感覺寫作順利，有足夠的好運和紀律，在我走下樓梯時，就步履輕鬆，可以自由自在，隨意在巴黎各處閒晃了。

下午，我可以從不同的路線走到盧森堡公園。穿過公園，就到了盧森堡美術館。館內藏有不少名畫（現在都移到羅浮宮和國立網球場美術館〔Jeu de Paume〕）。我幾乎每天都去看塞尚、馬內、莫內和許多其他印象畫派的作品。最早認識這些畫作是在芝加哥藝術學院（Art Institute at Chicago）。從塞尚的作品中，我得到的啟發是，光靠寫簡單真實的句子，遠遠不能夠達到我期待的格局。我從塞尚學到很多，但無法用語言向別人闡述，何況，這是我的祕密。如果盧森堡美術館的燈光熄了，我就會穿過公園走到葛楚史坦（Gertrude Stein）的寓所去，她住在福樂呂斯街（Rue de Fleurus）二十七號。

我太太和我去拜訪過史坦小姐。她和同居的伴侶對我們親切友善，我們很喜歡她的寬敞工作室，裡面掛著許多偉大畫作，簡直就像是最頂尖美術館的最佳展示廳。不同的是，屋裡有個大壁爐，溫暖又舒服，還招待精美的茶和點心，還有紫梅和野覆盆子新蒸餾出來的燒酒，是一種略帶香氣、透明的烈酒，裝在雕花玻璃的酒瓶裡，倒在小酒杯端上來。不管是紫李、黃李或是覆盆子釀的，都保留了水果的原味，送到口中會在舌頭上轉化成一種微微的火辣，讓舌頭放鬆，整個人也就暖和起來。

史坦小姐塊頭很大，個子不高，粗壯得像個農婦。她有雙美麗的眼睛，一張很有個性的臉龐，顯出德國猶太血統，也有幾分像弗里拉諾（Friulano）[1]人。她的衣著、表情豐富的臉，還有她可愛、濃密、飄動的頭髮，以及大概從大學時代就一直沒變過的髮型，在在讓我聯想到義大利北部的農婦。她滔滔說

1 Friulano，義大利北部小城。

個不停，我們初識的時候談的都是她認識的人和地方。

她的伴侶聲音悅耳，個子小、膚色深，髮型就像布泰・德・孟維（Boutel de Monvel）[2]插畫中的聖女貞德（Joan of Arc）[3]，還有一只鷹勾鼻。我們初次見到她的時候，她正在做針線，還要張羅吃的、喝的，跟我太太聊天。她可以一邊跟這個人說話，同時又聽著另外兩個人說話，還能不時插上兩句。後來她告訴我，她只陪女眷們說話。但我太太和我都感覺她只是應酬罷了。我們都喜歡史坦小姐和她的伴侶，雖然這位伴侶有點讓人害怕，他們家收藏的畫、糕點和燒酒都極好。她倆對我們似乎也有好感，把我們當成善良、有教養、有出息的孩子。我們相愛，還結了婚——時間早晚會解決這個問題——他們似乎也能包容。我太太邀他們來家裡喝茶，他們答應了。

她們來作客之後，好像更喜歡我們了，或許是因為我們的住處實在太小，彼此自然靠得更近了。史坦小姐坐在我們的床鋪，也就是地板上，要我把寫好的小說拿給她看。她表示很喜歡，除了一篇《在密西根》（*Up in Michigan*）。

「其實，這篇不錯。」她說，「但這不是問題所在，問題是它不登大雅之堂，也就是說，它像一個畫家的作品，開展覽時，卻不能掛出來，也沒有人會買，因為實在見不得人。」

「如果這個故事本身並不下流，只是用了一般人在真實生活中使用的語言？只有這些字眼能讓故事真實，所以非用不可？那就只好這樣寫了。」

「你還是沒搞懂，」她說，「你不能寫些見不得人的東西，沒道理。這是錯誤，而且愚蠢。」

她告訴我，她想在《大西洋月刊》（*Atlantic Monthly*）發表作品，而且很有把握。至於我，她認為，我的作品還不夠格登上《大西洋月刊》或《星期六晚郵》（*Saturday Evening Post*），但我可以算是一種新派作家，有自己的風

---

2 Boutel de Monvel（1981-1949），法國畫家、雕塑家、版畫家，也畫漫畫、插畫。

3 Joan of Arc（1412-1431），法國民族女英雄，在英法百年戰中，她帶領法蘭西王國軍隊對抗英格蘭軍隊的入侵，最後被捕，被處以火刑。

格。她要我切記，別再寫那種上不了檯面的東西。我沒跟她爭辯，也不想解釋我的意圖，這是我自己的事，不必多言，還是聽她講話有趣多了。那天下午，她還教我們如何買畫。

「你可以選擇買衣服，還是買畫，」她說，「就這麼簡單。錢不多的人不能兩樣都要。不必在意穿著，也別理會流行，衣服只要舒服、耐穿就行，這樣就可以把買衣服的錢省下來買畫。」

我說：「即使我從此不再買衣服，也買不起我想要的畢卡索。」

「那的確不行，他超出你的能力範圍。你要買同輩——跟你一起服兵役的那些人——的畫。你會認識他們的，在這一帶就會遇到。新生代中一定找得到好的、認真的畫家。不過，要買衣服的不是你，是你老婆，女人的衣服才貴呢。」

我注意到太太儘量不去注意史坦小姐那怪里怪氣的衣著，她表現良好。我覺得，她們離開時，對我們的好感不減，還邀我們再去福樂呂斯街二十七號作客。

之後，她就告訴我，冬天下午五點以後，隨時可以到她的工作室。我是在盧森堡公園認識史坦小姐的。不記得當時她是否在遛狗，也不記得她是否養了隻狗。我只知道，當時我是獨個兒散步，因為我們養不起狗，甚至連貓都養不起，只有在咖啡館或小餐廳看到過貓，還有就是蹲在門房窗口那些我很喜歡的大貓。後來我常在盧森堡公園碰見史坦小姐遛狗，但我初遇她的那次，她還沒有養狗。

不管有狗沒狗，我接受了她的邀請，而且習慣路過她的工作室，就去逗留一會兒。她總是招待我喝天然燒酒，喝完還一定要幫我再斟。我們賞畫、聊天。那些畫真是絕妙，聊天也很愉快。大多是她說話，談現代畫和畫家——多是談他們的為人而不是作品。她給我看她寫的一冊冊手稿，她的女伴每天幫她打字。每天寫作讓她很快樂，等我跟她更熟一點之後，我發現，只有這些寫作成果——數量視她的精力而定——能夠出版而且獲得肯定，才能讓她一直快樂。

我剛認識她的時候，這個問題還不嚴重，因為她已經出版了三篇故事，雖然沒人看得懂。其中一篇《麥蘭克塔》（*Melanctha*）寫得很好，是她集結出版的實驗性作品中很有代表性的例子，見過她或認識她的評論家都給予好評。她有種特殊的人格魅力，當她想得到某人好感的時候，幾乎無人能抗拒。見過她或看過她收藏品的批評家都會信任她的作品，雖然看不懂。因為他們都對她這個人極有興趣，而且也相信她的鑑賞力。她還發現了許多關於節奏和字詞重複的規則，都很有道理也有價值，談起來總是頭頭是道。

雖然她需要出版和公眾肯定，但是她不喜歡修改這樁苦差事，也不認為作品有義務讓人看得懂。尤其是她那本皇皇鉅作：《美國人的形成》（*The Making of Americans*）。

這本書開頭寫得非常漂亮，接著有長段精采片段，之後就是沒完沒了的重複。一個負責任、勤快的作家一定會把它扔進字紙簍。我對這部作品知之甚詳，因為我說服——應該說是強迫——福特（Ford Madox Ford）將它在《大西洋月刊》連載。我知道，等這份期刊收攤了，她的故事還沒載完呢。為了讓它在月刊上發表，我得替史坦小姐看校樣，因為這差事小姐不喜歡。

這些都是好些年以後的事了。此刻在這個寒冷的下午，我經過門房，穿過冷颼颼的中庭，走向她溫暖的工作室。這一天史坦小姐正在傳授我有關性的知識呢。那時我們彼此都已很有好感，而且我已經知道，所有我不懂的事，可能裡面都有點名堂。史坦小姐認為我對性太過無知，我也得承認我對同性戀有某種偏見，因為我只看到它的表相。我知道為什麼一個少年跟流浪漢為伍就得隨身帶著刀子，而且必要時會使出來（那時「色狼」這個詞還不是專指一心追逐女人的男子。）我在堪薩斯市（Kansas city）學會很多不堪入耳的字眼和句子。在堪薩斯不同區域、芝加哥還有湖船上又學了更多。在史坦小姐的逼問下，我努力向她說明，當你是個少年，準備與男人為伍，你就得有殺人的準備。你得知道怎麼做而且真的敢動刀，才不會被別人騷擾。這樣說總不至於不妥吧。如果你知道你會殺人，別人很快就能察覺，不會來招惹你。但在某些情況，你不能讓自己被強迫或被騙。如果要表達得生動些，就可以用湖船上那些狼輩人物不堪入耳的說法：「哦，有縫很好，有眼更妙。」在史坦小姐面前，我言詞謹慎，即使真實的句子可以說得更清楚或將偏見表達得更好。

「沒錯，沒錯，海明威，」她說，「你這是混在一群罪犯和變態人當中啊。」

我不想跟她爭辯，我覺得我是活在一個真實世界，裡面什麼樣的人都有，我想去了解他們，即使有些人我無法喜歡，甚至有些人到現在還讓我厭惡。

「但是我在義大利的時候，一位風度翩翩、系出名門的老人家到醫院來看我，還帶了瑪莎拉酒（Marsala）[4]或金巴利酒（Campari）[5]，言行舉止無懈可擊，突然有一天我必須告訴護士，永遠不讓那老頭再進我屋子，這妳怎麼說？」我問。

「這些人病了，沒辦法控制自己，你要同情他們。」

「那我也該同情某某人嗎？」我報上他的名字，但他太喜歡暴露自己，我覺得其實沒此必要。

「不用，他很壞，他引人墮落，是個不折不扣的壞人。」

「但是人家說他是個很好的作家呢。」

「他不是，」她說，「他不過就是愛出風頭，以誘人墮落為樂，專門教人染上惡習，比如吸毒。」

「那麼，在米蘭那個我該同情的人，不也是在引誘我墮落？」

「別傻了，他怎麼能指望帶壞你呢？像你這樣一個喝烈酒的小子，他能拿一瓶瑪莎拉酒帶壞你嗎？不會的，他不過是個可憐的老頭，自己控制不了自己，他是個病人，身不由己，你該可憐他。」

「那時候我的確是同情他的，」我說，「但是我很失望，他以前那麼彬彬

---

4 Marsala是義大利西西里瑪莎拉出產的法定產區（DOC）葡萄酒。

5 Campari金巴利酒起源於義大利，使用多種草藥和水果釀成，多用來調製雞尾酒。

有禮。」

我啜了一口燒酒，為那老頭唏噓一番，然後看著畢卡索那幅有裸女和花籃的作品。這話不是我起頭的，但眼看苗頭有點不對，平常與史坦小姐聊天幾乎從無冷場，這會兒她突然停頓了，想是要告訴我什麼，我把酒杯斟滿。

「你對這些事完全無知，海明威。」她說，「你碰到的都是些惡名昭彰的罪犯，病態又邪惡的人。最大的問題是，男同志的行為是醜陋、令人作嘔的。做了之後，他們自己也覺得噁心，於是用喝酒、吸毒來尋求解脫，但他們自己也厭惡自己的行為，只能一直換伴侶，得不到真正的快樂。」

「了解。」

「對女人，就完全不同了。她們做的事不會讓自己厭惡或反感。所以事後她們很快樂，而且可以一起快樂地過日子。」

「了解，」我說，「但是某某人又如何？」

「她很壞，」史坦小姐說，「她是真的壞，所以她永遠不會快樂，除非換不同的人，她會讓人墮落。」

「我懂了。」

「你確定懂了嗎？」

那段日子，我需要去了解的事太多了。我很高興換個話題。公園關門了，我只好繞著園外，走到沃吉哈街（rue de Vaugirard）。公園關了而且上了鎖，顯得淒清。不能穿過公園而需繞道，匆匆趕回勒曼主教街的家，也讓我心情低落。這一天開始得多麼明亮！明天我得發憤工作才行。工作幾乎可以治好所有的問題。當時我相信，現在依然如此。那個時候我需要治的毛病——我相信史坦小姐是這麼想的——就是年輕而且愛著我的太太。回到勒曼主教街的家，把我剛學到的知識告訴太太。我們有原先已有的知識和新近在山上獲得的新知識，那天夜晚我們很開心。

第三章

# 「失落的一代」

## "Une Génération Perdue"

我很快就習慣在傍晚時分到福樂呂斯街二十七號逗留一會兒，那裡溫暖，還可以賞畫、聊天。通常史坦小姐沒有訪客，她總是很友善而且有很長一段時間，對我很親熱。每當我去報導各種政治會議或為加拿大報館前往近東和德國，出差歸來，她總要我詳細告訴她各種有趣的逸聞瑣事。反正總有些好玩的事，她喜歡聽。也喜歡德國人所謂的「斷頭臺幽默」[1]。她愛聽世界歡樂那一面，不願聽真實的、醜惡的事。

那時我還年輕，個性開朗，即使在最壞的時刻也總能找到些古怪逗趣的事。史坦小姐愛聽，至於其他不談的，我留著自己寫下來。

如果沒有去旅行，我會在工作完畢之後，到福樂呂斯街史坦小姐那兒，刻意把話題導向書籍。我在寫作時，每寫完一段，就需要看點書。如果你一直想著，反會失去擱筆時的線索，第二天就接不下去了。運動也很重要，讓身體疲憊，最好是跟心愛的人做愛，這比什麼都好。但之後，當你覺得空虛，就需要讀點書。我已經學會，不要一次把寫作的靈感之泉汲盡，在泉源最深之處還有些東西待發掘時就要停工，讓夜晚將源泉重新注滿活水。

在工作一陣之後，為了讓自己從寫作中釋放，我會找些同時代作家的作品來讀，像赫胥黎（Aldous Huxley）[2]、D.H.勞倫斯（D.H. Lawrence）[3]或任何在希微亞．畢奇（Sylvia Beach）的圖書館或塞納河岸舊書攤找到的書。

「赫胥黎已經過氣了。」史坦小姐說：「何必讀一個死人的書？你看不出他已經過氣了嗎？」

那時候我並不覺得他已經過氣。我說，他的書給我樂趣，而且可以把心思從寫作上移開。

「你應該只讀真正好的東西。要不，就讀徹底壞的。」

---

1 gallows-humor，以死亡、痛苦開的玩笑。

2 Aldous Huxley（1894-1963），英國小說家。他的《美麗新世界》（*Brave New World*）是著名的反烏托邦小說。

3 D.H. Lawrence（1885-1930），英國小說家、詩人。著有《兒子與情人》、《查泰萊夫人的情人》（*Lady Chatterley's Lover*）、《戀愛中的女人》（*Women in Love*）等。

「我整個冬天都在讀真正好的書，去年冬天如此，明年冬天仍然如此，我可不喜歡徹底壞的書。」

「你為什麼要讀那些垃圾？海明威，那就是死人寫的、不折不扣的垃圾！」

「我想看看他們寫些什麼，」我說，「也藉此轉移注意，不要一心專注在寫作上。」

「你還看些什麼？」

「D. H. 勞倫斯，」我說，「他有些短篇小說非常好，有一篇叫《普魯士軍官》（*The Prussian Officer*）。」

「我看過他的小說，根本讀不下去，他是個可憐又荒謬的人，看他的東西，他是病了。」

「我倒很喜歡《兒子與情人》（*Sons and Lovers*）和《白色孔雀》（*The White Peacock*）。」我說。「也許不是頂好，但是《戀愛中的女人》（*Women in*

*Love*）我看不下去。」

「如果你不想看壞作品，想讀些引人入勝、獨具風格的東西。你就該讀讀朗茲[4]。」

我從沒聽過這個名字，史坦小姐於是借我一本她寫的《房客》（*The Lodger*），是講開膛手傑克[5]的精采故事，還有一本是敘述巴黎城外的一樁謀殺案，那地方一定是翁甘礦泉城[6]。這些都是很好的休閒讀物，人物鮮活，情節和驚悚氣氛無懈可擊，適合工餘之暇消磨時間。我讀了所有朗茲的作品，也就只有這兩部還行，其他的都比不上。一直到奚孟農[7]第一批作品問世，

4 Marie Belloc Lowndes（1868-1947），英國小說家。

5 Jack the Ripper，於一八八八年八月七日到十一月十九日期間，在倫敦東區的教堂一帶以殘忍的手法連續殺害五名妓女。多次寫信到相關單位挑釁，卻始終未落法網，至今依然是歐美文化中最惡名昭彰的殺手之一。

6 Enghien les Bains，巴黎北部度假勝地，以硫磺礦泉浴場聞名。

7 Georges Simenon（1903-1989），比利時籍著名偵探小說作家。所著長、短篇作品不下五百部，許多曾搬上銀幕或拍成電視影集。

我才找到空閒時日最好的消遣。

我相信史坦小姐會喜歡奚孟農那些好的作品，像我讀的第一部《一號船閘》（*L'Ecluse Numero 1*）或是《運河畔的豪宅》（*La Maison du Canal*），但我不確定，我知道她喜歡說法文，卻不愛看法文書。我最早讀的這兩本都是弗蘭娜[8]送的。她喜歡看法文書，從奚孟農當記者跑罪犯新聞時，她就已經在看他的小說了。

在我與史坦小姐交往熱絡的三、四年中，對那些不吹捧她作品或不幫助她發展事業的作家，她從沒說過一句好話，只有弗班克[9]和後來的費滋傑羅是例外。我們剛認識的時候，她從不把謝武德・安德森[10]當作家看待，卻津津樂道他那一對美麗的義大利式大眼睛，說他多麼和善、多麼迷人。我對他美麗的義大利大眼睛毫無興趣，但很喜歡他的幾個短篇小說。文字樸素，有些篇章寫得極美。他了解他筆下的人物，而且對他們投注了深刻的情感。可惜史坦小姐不讀他的小說，只顧談他這個人。

「那他的小說呢？」我曾問她。她不願談安德森的作品，也不肯談喬艾斯，要是你提兩次喬艾斯，那就別指望再進她家的門了。這就好比當著一位將軍的面，誇讚另一位將軍。你只要犯一次錯，就會學乖了。當然，要談將軍也可以，但必得是她的手下敗將，那她不但會大力表揚這位手下敗將，還會興致勃勃地詳細描述這位將軍是如何被她擊垮的。

至於安德森，他的小說寫得太好，不適宜做為愉悅的閒談之資。我本打算對史坦小姐說，他的作品出奇地差，但這樣說也不好，因為這就冒犯了她最忠誠的支持者。後來他終於寫了一篇小說《陰沉的笑聲》[11]寫得糟透了，愚蠢又做作，我忍不住寫了一篇模仿體，嘲弄一番，這下把史坦小姐惹惱了，因為安

8 Janet Flanner（1892-1978），美國作家、記者。一九二五至七五年間擔任《紐約客》雜誌駐巴黎記者。

9 Ronald Firbank（1886-1926），英國小說家。

10 Sherwood Anderson（1876-1941），美國作家。

11 《Dark Laughter》，安德森一九二五年作品。

德森是她旗下一員。其實在那之前很長一段時間，她並不以為意，等到安德森的寫作生涯掉入谷底，她卻開始大力吹捧他了。

她對龐德[12]也不滿，因為他一屁股坐在她家一張很小、不穩而且顯然不會太舒服的椅子上，很可能是故意叫他坐的，結果他把椅子坐垮了，也可能是壓壞了。龐德是個偉大詩人，為人謙和大度，只要給他一張正常大小的椅子就行了。但這些都不在史坦小姐考量之下。至於為何討厭龐德，而且以技巧的、惡意的方式對待，她很多年後才編造出理由。

我們從加拿大回來，住在聖母廣場街（rue Notre-Dame-des-Champs）。那時候史坦小姐跟我還是好朋友，她管我們叫「失落的一代」。那時她開的那部福特T型老爺車的點火系統出了點問題，修車廠的小夥子在一戰最後一年在軍中服役，修車技術不佳，或許是沒有禮讓史坦小姐優先。反正史坦小姐認為他不夠「認真」，一狀告到老闆那兒，小夥子著實被修理了一頓。老闆還對小夥子說：「你們都是失落的一代（génération perdue）。」

「你們都是，統統都是。」史坦小姐也說，「所有你們這些在軍中服役過的年輕人，你們都是失落的一代。」

「是嗎？」我問。

「是的，」她強調，「你們吊兒郎當，會把自己淹死在酒精裡……」

「那個修車的喝醉了嗎？」我問。

「當然沒有。」

「你看過我喝醉嗎？」

「沒有，但是你那幫朋友都是酒鬼。」

「我是喝醉過，」我說，「但從來沒有在喝醉時到妳這兒來。」

「你當然沒有，我可沒這麼說。」

「那修車場老闆大概上午十一點就喝醉了。」我說，「所以才會說出那麼

12 Ezra Pound（1885-1972），美國詩人。

有見地的話。」

「別跟我鬥嘴了，海明威，」史坦小姐說，「沒好處的，就像修車廠那人說的，你們都是失落的一代。」

後來在我的第一部長篇小說[13]中，我把史坦小姐的這句引言用舊約聖經《傳道書》（*Ecclesiastes*）中一個句子[14]加以平衡。那天走回家的路上，我想到那個修車廠的小夥子，不知道他是否也曾在戰時，被抓去開那些汽車改裝的救護車，我還記得他們滿載傷兵在山路上往下開，煞車皮磨壞了，只好打倒車檔。後面的幾輛車只好空車下山，換上有金屬板煞車和手動變速器的飛雅特（Fiats）大車。想到史坦小姐和安德森，自我中心和精神怠惰，對比軍中的嚴明紀律，究竟誰該管誰叫「失落的一代」呢？那一刻，我正走近「丁香園」（La Closerie des Lilas），燈光打在我的老友，奈伊元帥[15]的雕像上，他手揮長劍，樹影投在雕像上，他孤伶伶的，後面空無一人。他在滑鐵盧慘敗。我想，所有的世代都會因為某種原因而失落，以前如此，以後也一樣。我在「丁香園」逗留了一會兒，為了與奈伊將軍作伴，喝杯冰啤酒，再繞過木鋸行，打道回府。但坐在那兒，拿著啤酒，望著雕像，不禁想到從莫斯科撤退時，拿破崙和科蘭古[16]乘著馬車飛馳而去，留下奈伊將軍不知奮戰了多少個日子。我又想著史坦小姐一直以來是多麼溫暖、熱心的朋友，她談阿波里奈爾[17]如此精采。說到一九一八年簽訂停火協議的那一天，群眾叫囂著：「打倒威廉！」當時已陷昏迷的詩人還以為是衝著他來的[18]。我暗下決心，一定要盡力幫助她，只要能使上力，我一定要讓她的優秀作品得到應有的肯定。願上帝和奈伊

13 指的是《太陽依舊升起》（*The Sun Also Rises*）。
14 「一代過去，一代又來，土地卻永遠長存。月頭出來，日頭落下，急歸所出之地。風往南颳，又向北轉，不住地旋轉，而且返回轉行原道。江河都往海裡流，海卻不滿，江河從何處流，仍歸還何處。」（譯文引自《聖經和合本》）
15 Marshal Ney（1769-1815），法國大革命和拿破崙戰爭期間的軍事指揮官，拿破崙一世手下的十八名法國元帥之一。
16 Caulaincourt（1773-1827），法國軍官、外交家。
17 Guillaume Apollinaire（1880-1913），法國詩人。
18 群眾要打倒的是德皇威廉二世（Guillaume II），與阿波里奈爾同名，故有此誤會。

元帥助我！至於她那「失落的一代」的說法，去它的吧，都是些骯髒、簡化的標籤。等我走到家，進了院子，上樓看到太太、兒子和他的貓咪帕斯（Puss），一家其樂融融，壁爐上燃著火。我對太太說，「無論如何，葛楚這個人還是不錯的。」

「當然囉，泰迪。」

「不過她經常鬼扯。」

「我從來沒聽過她說話，」老婆說，「我是女眷，只有她的女伴跟我說話。」

## 第四章

# 莎士比亞書店

Shakespeare and Company

那些年，我們沒錢買書，都是從莎士比亞書店的租書圖書館借書看的。那是希微亞・畢奇在歐德翁街（rue de l'Odéon）十二號開的一家書店兼圖書館。在一條寒風凜冽的街道上，有那麼一個溫暖、愉悅的所在，冬天還有一個大壁爐，桌上、書架上，滿坑滿谷的書，櫥窗裡則陳列新書，牆上掛著名作家的照片，有些已過世，有些還健在。照片都像是隨手拍的快照，即使是已過世的，看起來也覺得他們曾認真活過。希微亞有張活潑、五官分明的面龐，褐色的眼睛靈動得像小動物，歡愉得像小女孩。波浪般的棕髮從細緻的前額往後梳，在耳下濃密處剪齊，一直延到她咖啡色天鵝絨外套的領線上，還有一雙美腿。她待人友善、個性爽朗，也喜歡說笑話、聊八卦，我認識的人當中，就屬她對我最好。

我第一次進她書店時很靦腆，因為身上沒有足夠的錢加入她的租借圖書館。她卻給我一張借書卡，還說保證金等我有錢時再繳，而且我愛借多少本都行。

她沒有理由這麼信任我的，她不認識我。我留下的地址——勒曼主教街七十四號——再寒傖不過。但她總是爽朗、親切而且周到。她身後的高牆一直延伸到裡間，直到大樓的中庭，是整排整排的書籍的寶藏！

我最先讀的是屠格涅夫[1]的《獵人手冊》[2]和一本D. H.勞倫斯早期的作品，大概是《兒子與情人》。希微亞還說，想要的話，我可以多拿幾本。我又挑了嘉耐特（Constance Garnett）版的《戰爭與和平》和杜斯妥也夫斯基的《賭徒及其他短篇小說集》。

「要把這麼些書都看完，你短期內大概不會來了。」希微亞說。

「我會回來付錢的。」我說，「我家裡還有點錢。」

「我不是這個意思」，她說，「你什麼時候方便就什麼時候付。」

1 Ivan Turgenev（1818-1883），俄國小說家、詩人和劇作家。

2《A Sportsman's Sketches》，是屠格涅夫的成名作，以一位俄國中部地區獵人的狩獵，串起二十五個中、短篇故事。

「喬艾斯什麼時候來？」

「他要是來，通常在傍晚。」她說。「你從來沒見過他嗎？」

「我們在米修（Michaud's）餐廳見過他和家人一起用餐。」我說，「但是，吃飯的時候盯著人看，不禮貌。米修又是間很貴的餐廳。」

「你都在家裡吃飯？」

「現在多半是。」我說，「我們有個好廚子。」

「你住家附近沒有好館子，是吧？」

「沒有，妳怎麼知道？」

「拉博[3]以前就住在那一帶。他對那裡很滿意，就差沒有間好餐廳。」

「價廉物美的餐廳要到先賢祠那一頭才有。」

「我對那一帶不熟。我們都在家開伙。你和太太哪天來坐坐。」

「等我把書錢先付清吧。」我說，「還是要謝謝妳。」

「你慢慢看吧。」她說。

我們在勒曼主教街的家，是一個兩間房的小公寓，沒有熱水，也沒有廁所，只有一個防腐便桶，對我這習慣密西根戶外便所的人，倒也沒有適應問題。這裡視野不錯，地板上放一張有彈簧墊的舒服睡榻，牆上掛著我們喜歡的畫，就是一個溫馨、歡樂的家。我帶著書回到家，告訴太太我發現了一個很棒的地方。

「可是，泰迪，你下午就過去，把錢付了吧。」她說。

「當然要去，」我說，「我們一塊去，之後還可以沿著河岸到塞納河邊散步。」

「我們還是沿塞納河街回來，可以順便逛逛畫廊，看看小店的櫥窗。」

「當然，走哪裡都行。還可以找一家沒有人認識我們、我們也不認識別人的咖啡館，坐下來喝一杯。」

3 Valery Larbaud（1881-1957），法國詩人，小說家也寫散文和評論。

「喝兩杯。」

「然後找個地方吃飯。」

「不行，別忘了我們得還圖書館的錢。」

「那就回家來吃，做一頓大餐，到合作社買瓶伯恩（Beaune）產區的葡萄酒，從櫥窗就可以看到酒的價格，吃完飯就看會兒書，然後上床，做愛。」

「我們彼此相愛，永不變心。」

「是的，永不變心。」

「我們把下午和晚上都安排妥貼，現在該想想中飯了。」

「我好餓。」我說，「在咖啡館裡寫了一上午，只喝了一杯牛奶咖啡。」

「進行得怎麼樣，泰迪？」

「我覺得還不錯，午餐吃什麼？」

「有小蘿蔔，上好的小牛肝，洋芋泥還有苦苣沙拉，和蘋果派。」

「而且以後我們有全世界的書可以讀了，旅行時也可以帶著。」

「這樣會不會太過分？」

「當然不會。」

「他們有亨利．詹姆斯[4]的書嗎？」

「當然。」

「哇，」她嘆道：「能找到這樣的地方真是太幸運了！」

「我們一向都很幸運。」我這傻瓜，說這話時竟忘了敲敲木頭，在那間公寓裡，到處都有木頭可敲。

4 Henry James（1843-1916），美國作家，長居歐洲。一八七五至七六年間旅居巴黎，為《紐約論壇報》（*New York Tribune*）撰寫巴黎通訊，後集結出版《巴黎素描》（*Esquisses Parisiennes*）

第五章

# 塞納河畔的各色人等

People of the Seine

從我們的住處走到塞納河邊，有好幾條路可選擇。最短的是從勒曼主教街最高處一直往下走。坡度很陡，穿過車水馬龍的聖傑曼大道起點，就到了河岸最無趣的一段，風大、荒涼，右邊是一座「葡萄酒庫」（Halle aux Vins），裡面堆得滿滿等待完稅的葡萄酒，外觀陰森，倒像個軍用倉庫或監獄。

走過塞納河的支流就是聖路易島（Île St.-Louis）。狹窄的巷弄，古老、宏偉的華宅，可以走過去逛逛或者往左轉，沿著河堤，穿過整個小島，聖母院和西提島（île de la Cité）就在望了。

在沿河岸的舊書攤，有時可以買到些剛出版的美國書籍，而且很便宜，那時銀塔餐廳[1]樓上有房間出租，房客到餐廳吃飯可以打折扣。有時房客留下些書沒帶走，服務生就拿去賣給岸邊的書攤。只要花幾個法郎就可以從女店主那兒買到。她對英文書毫無信心，買的時候花不了幾文錢，只圖快速轉手，賺點蠅頭小利。

「這些書好不好？」等我們變成朋友，她問我。

「偶爾也有好的。」

「你怎麼判斷？」

「讀過就知道了。」

「這還是賭運氣，有幾個人看得懂英文書？」

「那就留給我，讓我先看看。」

「不行，我不能留著。你又不常來，很久才出現一次。我得儘快賣掉。沒人知道這些書值不值錢。要是一文不值，就永遠賣不掉了。」

「那你怎麼知道一本法文書是否值錢？」

「先要看插圖。然後看插圖的品質，再看裝訂。如果是本好書，書主一定會精心裝訂。英文書都是裝訂過的，但裝訂得很差，看不出好壞。」

除了銀塔附近那家，一直要到大奧古斯汀堤岸（Quai des Grands

1 銀塔餐廳（La Tour d'Argent）如今是巴黎最高檔餐廳之一。座落在塞納河邊，景觀一流。獨創名菜「血鴨」（Canard au sang），每隻鴨有編號，噱頭十足。酒窖也值得參觀。

Augustins）才有賣英、美書籍的書攤。沿河岸一直到伏爾泰堤岸（Quai Voltaire）有好幾家，那裡的書是左岸旅館的員工帶出來的，特別是伏爾泰旅館（Hotel Voltaire），因為那家旅館的客人比較闊綽。有一天，我問另一位跟我很熟的女攤販，有沒有書主人自己來賣書的。

「沒有，」她說，「都是他們扔掉的。可見都是些不值錢的東西。」

「其實那些書都是朋友留給他們在船上看的。」

「沒錯，」她說，「很多書都留在船上了。」

「是的，」我說，「郵輪把客人留下的書，裝訂好，就打造了船上的圖書館。」

「這個辦法很聰明，」她說，「至少書都妥善裝訂，這樣書就值錢了。」

每當工作完畢或者思考問題的時候，我就會沿著河岸散步。走路、幹活或者看著別人做他們在行的事，思考問題似乎就容易些。在新橋[2]下西提島的前沿，有一座亨利四世的雕像。那小島，頂端就像一個尖尖的船頭，伸入水中。小島上是一個小公園，有美麗的栗子樹，高大，樹蔭廣被。塞納河流過，有幾股急流和迴水，有些地點特別適合垂釣，只要走下石階到公園和大橋下，就能看到垂釣的人。釣魚的地點隨著水位高低而改變。釣客通常用有節的長釣竿，非常細的魚鉤，裝上輕巧的齒輪和浮標，技巧熟練地誘引魚兒上鉤。他們從不會空手而歸，最常釣到的是一種猶如鰷魚的鮈魚，整條炸過，特別可口，我可以吃掉一整盤。這種魚很厚實，肉質甜美，帶有一種比新鮮沙丁魚還細緻的香味，而且不油膩，可以連頭帶骨整條吃光。

吃鮈魚最好的地方就是下默東（Bas Meudon）河上的露天餐館。我們手頭寬裕的時候就會去那兒打牙祭。餐廳名叫「絕妙魚場」（La Pêche Miraculeuse），配上一種極好的繆思卡岱（Muscadet）類白酒。那兒活脫就是

2 新橋（Pont Neuf）建於一五七八年，號稱「新橋」，卻是巴黎建橋史上的里程碑。橋上有書商、流動攤販，也是街頭藝人大展身手之地，電影《新橋戀人》（*Les Amants du Pont-Neuf*）就以此為背景。

莫泊桑（Maupassant）[3]筆下的地點，還可以看到如席斯里（Sisley）[4]畫作中的河景。其實也不一定要跑到那麼遠去吃鮈魚，在聖路易小島上就有一家很好的炸魚店。

我認識好幾位釣客，經常在聖路易島和綠嘉蘭特廣場（Place du Verte Galente）之間魚量最多的水域垂釣。天氣晴朗的日子，我會買一升葡萄酒、一塊麵包、幾條香腸，坐在陽光下邊讀書，邊看人垂釣。

旅遊作家在提到塞納河釣魚客時，總把他們當瘋子，認為根本釣不到魚。其實垂釣需要全力以赴且收穫頗豐。漁夫大多享有微薄的養老金，只是當時並不知道碰上通貨膨漲會貶得一文不值。也有些人是當成工餘之暇的消遣。在馬恩河（Marne）匯入塞納河的夏翁頓（Charenton），還有巴黎城的兩邊，都有更好的垂釣之處，巴黎城裡也有。我沒有釣具，也就不作此想，寧可把錢省下來到西班牙去釣魚。而且我還不知道寫作什麼時候告一段落，什麼時候要離開。更何況釣魚有旺季，也有淡季，我不想沉浸其中。不過，我一直覺得這是件有趣、值得了解的事，所以一直很關注。想到有人在城市裡很專注、認真地釣魚，還能帶些炸魚給家人，總是讓我很開心。

漁夫與河上生活的形形色色、美麗駁船的水上人家、拖船遇橋就拉下煙囪，後面還跟著一小隊駁船、河邊沿岸上的大榆樹、法國梧桐還有些白楊木……我在河邊永不會寂寞。城市中有這麼多樹木，你可以感覺春天一日日近了。突然一夜暖風，春天就在清晨悄然降臨。有時幾場寒風的大雨又把春天打回去，似乎永遠不來了，你就失去了生命中的一個春天，這是在巴黎最令人傷心的事，因為它違反自然。秋天想必也是淒涼的。每年，當葉子從樹上飄落，只剩光禿的枝幹屹立在寒風和蕭索的冬陽之中，你的一部分也隨之消亡。但你知道春天一定會再來，就像冰凍的河水仍會流動。當冷雨下個不停，逼走了春天，那就像一個年輕人無緣無故離開人世。

3 Guy de Maupassant（1850-1893），法國寫實派作家，以短篇小說聞名。
4 Alfred Sisley（1839-1899），著名法國印象派畫家。

好在，那段歲月中，春天終究來了。但是它幾乎來不了，著實讓人捏一把汗！

第六章

# 沒有春意的春天

A False Spring

當春天來臨，即使並無春意，也不是問題，唯一需要操心的是，到哪兒可以更逍遙。會掃興的只有人，只要能避免跟別人約會，每一天都其樂無比。只有人會掃興，除了極少數與春天一般美好的人。

春天的早晨，我通常在太太還沒起床之前，早早就開始工作，窗子大開著，雨後的石板路濕氣散了，太陽把對著窗戶的牆面也晾乾了。店鋪的百葉窗還垂著。牧羊人吹著笛子走在街上。住在我們樓上的婦人拿著一個大壺來到行人道上，牧羊人選了一頭奶頭鼓脹的黑乳羊，把奶擠入婦人的壺裡。牧人帶的牧羊犬會把其他羊隻都趕到行人道上去。羊兒們像觀光客似的，轉著頭四處張望。牧羊人收了錢、道了謝，繼續吹著笛子走上街，牧羊犬則走在羊群前，羊角隨著晃動。我回頭繼續寫作，婦人帶著羊奶上了樓，她穿著一雙氈底鞋，只聽到她停在我門外樓梯上的喘息聲，然後就把門關上了。她是牧羊人在我們這棟樓唯一的顧客。

我決定下樓買一份賽馬報。即使再窮的區也有至少一份賽馬報，但是像這樣一種天氣，得早點去買，我在護城廣場一角的笛卡爾街上找到一份。羊群正好從這條街走下來，我聞著氣味，快步回家，上樓去把今天的進度趕完。我幾乎想待在外面，跟著羊群走下早晨的街道，但還沒開始工作，就看到報紙了。翁甘正在舉行賽馬，那是個美麗的小型跑馬場，屬於圈外人，很多扒手出沒。

所以那天工作告一段落之後，我們就去看賽馬。剛收到替多倫多報紙寫報導的稿費，要是能找到匹好馬，我們想下個大賭注。太太有一回在歐特伊（Auteuil）馬場賭了一匹馬名叫「金山羊」（Chèvre d'Or），贏的機率是一百二十比一。牠領先了二十匹馬的距離，卻在最後一次跳欄時倒下。我們盡量不再想這件事，在「金山羊」之前，我們一直都贏錢。

「泰迪，我們的錢夠下注嗎？」太太問。

「不夠，我們就好好算計著花。這筆錢妳想花在別的事情上嗎？」

「嗯……」她沉吟。

「我知道，這一陣過得太辛苦，我把錢摳得太緊。」

「不是的，」她說：「只不過——」

我知道自己太苛扣，搞得日子難過。對努力工作且從中得到滿足的人，貧窮不是困擾，像浴缸、淋浴、抽水馬桶都是次等人才有的煩惱。我們在旅行時可以享用，而我們常常旅行。河邊街角就有公共澡堂。對這類事，太太從沒有抱怨過，「金山羊」倒下去的時候，也沒有。我還記得她擦了淚，但不是為了那筆錢，是心疼那匹馬。我常常很遲鈍，她想買一件灰色小羊皮外套，後來買了，她非常喜歡。對很多其他事情，我也蠢得很。對抗貧困，除非不花錢，否則總是輸家。尤其想買的是畫，不是衣服。然而，我們從不認為自己是窮人，不接受這種想法。我們自認高尚，那些我們瞧不起也不信任的人都是有錢人。我從來不覺得穿毛線衫當內衣禦寒有什麼奇怪，只有富人會覺得不妥。我們粗茶淡飯，吃得香；依偎取暖，睡得好，而且我們相愛。

「我覺得該去，」太太說，「我們好久沒有看賽馬了。我們自己帶午餐，也帶點酒，我來做三明治。」

「搭火車去吧，省錢些。要是妳覺得不該去就算了，反正今天不管做什麼都會很開心的，天氣太好了！」

「我認為該去。」

「妳不想換個方式花這筆錢？」

「不要，」她很高傲地說。她有一個可愛的高顴骨，天生傲氣，「也不想想我們是什麼人？」

於是我們從北站搭火車出發，經過巴黎最骯髒、最陰暗的地區。從鐵道旁走到賽馬場的綠地。我們到得早，就在新剪過的斜草坡鋪上我的雨衣，坐下野餐，對著瓶口喝酒。看到老舊的看臺、棕色木造的賭票房、綠油油的跑道、深棕的柵欄、閃亮的障礙水溝、空白的石牆、白色的起跑標和欄杆。圍場周邊是綻放新葉的大樹。這時第一匹馬被牽了進來，我們又喝了幾口酒，一邊研究報上馬匹的狀態。太太躺在雨衣上，閉著眼曬太陽。我走進馬場，碰到很久以前在米蘭聖西若體育場（San Siro）認識的一個熟人，他指給我兩匹馬可以下注。

「記住，這兩匹馬賺不了大錢，但也別錯過。」

我們用一半的錢賺了第一筆，對方以十二比一的價格支付。那匹馬跳欄的姿態極美，在跑道對面就越過其他馬匹，領先四個馬身達標。我們把錢留下一半，存起來，用另一半押在第二匹。牠一馬當先，跳過欄杆，一路領先到終點。那匹最被看好的馬已經趕上來，兩匹馬在馬鞭下飛奔。

我們到看臺下的吧臺買了杯香檳，等著賭價上漲，

「天哪，賽馬真夠殘酷的。」太太說，「你看到那匹馬追上來嗎？」

「我緊張得心裡還在蹦蹦跳呢。」

「那匹馬能贏多少？」

「賭注是十八比一，但他們可能是最後才下注的。」

馬匹經過，我們那匹渾身濕透，張大鼻孔喘氣，騎士一直輕輕拍牠。

「真可憐，」太太說：「我們只管下注。」

看著馬匹經過，我們又喝了杯香檳，之後贏的數字到了一比八十五，也就是十法郎，獲利八十五法郎。

「他們一定在最後又押了大注。」我說。

我們贏了很多錢，對我們是筆大數字。這下，我們既有春天、又有錢財，該有的都有了。像這樣的日子，就把錢分成四份，各人花一份，留下一半做賽馬基金。我把賽馬基金跟其他基金分開，暗自收起。

那一年又一日，我們旅遊歸來，而且在賽馬場運氣不錯，就在回家的路上，停在「李子樹餐廳」（Pruniers）外，打量櫥窗裡標了價格的誘人美食，然後進去在酒吧臺坐下，點了生蠔、墨西哥螃蟹配桑賽爾區（Sancerre）白酒。飽餐之後，在暗夜中穿過杜樂麗花園（Tuileries），停下腳步，從幽黯的花園，就著協和廣場的燈火，望向競技場拱門（Arc du Carrousel），後面是長排的燈光一直延伸到凱旋門（Arc de Triomphe），再回頭看黑暗中的羅浮宮[1]。

1 一九八八年，貝聿銘設計的金字塔由當時的法國總統密特朗揭幕。從此羅浮宮在夜間不再一片黑暗，以金屬支撐的玻璃金字塔晶瑩剔透。

我問：「妳真的相信這三座拱門是在一條軸線上嗎？這兩座還有米蘭的錫爾苗內（Sirmione）[2]。」

「我不知道，泰迪。他們是這麼說的，應該有所本吧。你記得有一次，我們在雪地裡翻過山頭，到了義大利境內的聖伯納山，竟是一片春意，你、秦克（Chink）和我就在春天裡走了一天，一直走到奧斯塔（Aosta）？」

「秦克管它叫『穿逛街的鞋爬聖伯納山』，還記得妳那雙鞋吧？」

「我可憐的鞋，你記不記得我們和卡布里（Capri）在加勒里亞（Calleria）的畢菲餐廳（Biffi's）吃水果盤，把新鮮的桃子和野草莓放在一個盛冰的高玻璃瓶裡？」

「我就是從那時候開始懷疑那三座拱門。」

「我記得錫爾苗內，就跟這座拱門一樣。」

「還記得艾格勒（Aigle）那家小客棧嗎？那天妳跟秦克在花園裡看書，我在釣魚？」

「當然記得，泰迪。」

我想起了隆河（Rhône），河道狹窄、河水混濁、融雪四溢，兩側各有一條盛產鱒魚的運河——史托卡培（Stockalper）和隆運河。那天史托卡培很清澈，隆河則一片灰暗。

「妳記得嗎？在那個七葉樹開花的季節，我拚命在想一個紫藤的故事，好像是吉姆．甘伯（Jim Gamble）說的，卻怎麼也想不起來？」

「記得，泰迪。你和秦克一直在討論如何使故事真實，如何下筆，還有如何寫得精確，不加描繪。這些事我全記得。有時你說得對，有時他有理，還有什麼燈光、質地、形狀也爭論不休。」

這時我們已經走出羅浮宮的大門，穿過街道，來到橋上，靠在石欄杆上俯瞰河水。

2 義大利北部加爾達湖畔。自古就是度假勝地。Sirmione是「島中珍寶」之意，這個小鎮就如它的名字一般，是被湖泊環繞的精緻寶藏。城門矗立著一座城堡，威嚴又氣派。

「我們三人對什麼事都有得吵，爭的都是具體的事，還會互開玩笑。那次旅途中做過的事、說過的話，我全記得。」海德莉說：「真的，我都記得。你和秦克談話時，我也加入，不像在史坦小姐家，我只是個眷屬。」

「但願我能想起那個紫藤的故事。」

「那故事不重要，重要的是那根藤蔓，泰迪。」

「我從艾格勒買了些葡萄酒，帶回山頂的小木屋，你記得吧？是客棧賣給我們的，說是配鱒魚最好，我們好像是用幾張《洛桑報》（*La Gazette de Lausanne*）包了帶回家的。」

「席翁（Sion）的酒更好，你記不記得，我們回到小木屋，甘斯維奇夫人（Mrs. Gangeswisch）已經做好了清燙鱒魚（trout au bleu）[3]，真是鮮美極了，泰迪。我們坐在屋外門廊上用餐，喝著席翁酒，腳下是陡峭的山坡，遠處在湖的對岸可以看到南山（Dent du Midi）的積雪覆蓋了半個山，隆河口林蔭茂密，河水就從那兒匯入湖中。」

「冬、春兩季，我們最想念秦克。」

「是啊，現在春天也過去了，我還是很想他。」

秦克是位職業軍人，從桑德赫斯皇家軍事學院[4]，畢業之後就去了孟斯（Mons）[5]。我在義大利認識他的，是我最好的朋友，後來又成了我們夫妻倆的好朋友，那時候他休假就來跟我們混。

「他打算明年春天休個假，上星期他從科隆（Cologne）寫信來說的。」

「我知道，我們要好好享受當下，每一分鐘都要把握。」

「我們正在看河水沖向拱壁，如果往河上看能看到什麼？」

我們往河上望去，一切都在這兒了：我們的河、我們的城市還有城市裡的這個小島。

3 保持鱒魚原味的最佳作法：將池塘裡剛釣上來的鱒魚放在滾水中汆燙幾分鐘就起鍋。
4 Royal Military Academy Sandhurst，簡稱Sandhurst，英國著名軍事學院。
5 Mons，比利時西南部古城。

「我們太幸運了。」她說：「真希望秦克能來，他一向很照顧我們。」

「他可不這麼想。」

「當然不會。」

「他覺得我們是一起在探險。」

「我們是的。不過也要看探什麼險。」

我們過了橋，走回我們住的這一邊。

「妳又餓了嗎？」我問，「我是說我們，邊走路還邊講話。」

「當然，泰迪，難道你不餓？」

「我們找個好地方，吃頓豪華大餐吧。」

「去哪兒？」

「米修家。」

「太好了，就在附近。」

於是我們沿著教皇街（rue St. Pères）來到賈克柏街（rue Jacob）角。不時停下瞧瞧櫥窗裡的畫和家具。到了米修餐廳門口，先研讀掛在門外的菜單。餐廳客滿，要等位子，我們就盯著那些已經上咖啡的桌子。

走了一陣，我們又餓了。米修餐廳總是讓人驚豔，只是太貴。那天喬艾斯和家人也在。他和太太諾拉（Nora）靠牆坐，喬艾斯一手拿著菜單，透過厚鏡片研讀。諾拉是個胃口好、有品味的食家。喬吉歐（Giorgio）很瘦，從後面看去，頭髮梳得油亮，有點紈絝氣息，露西亞（Lucia）有一頭濃密的捲髮，還是個發育未全的小女孩。他們說的是義大利話。

站在那兒，我不禁懷疑我們在橋上所感覺的，有多少成分是飢餓。我問太太，她說：「我不知道，飢餓有很多種，春天又特別多。不過，春天已經過去，回憶也是一種飢餓。」

問這種問題真無聊。從窗子望進去，我看到侍者端出兩盤腓力牛排，我知道，我的飢餓很單純。

「你說我們今天運氣好，的確是的。因為我們得到正確的訊息和建議。」

她笑了起來。

「我說的不是賭馬，你只懂字面的意思，我說的幸運不是指這個。」

「我不認為秦克喜歡賭馬。」我說，似乎顯得更傻氣了。

「沒錯，只有他自己騎的時候，才會關心。」

「妳不想再去看賽馬嗎？」

「當然想，什麼時候想去就去。」

「妳是真的想去？」

「當然，你也想去，是不是？」

我們在米修餐廳吃得非常盡興。待吃完坐巴士回到家，我們在橋上的那種飢餓感還在。進了房間、上了床、在黑暗中做了愛，那感覺依然在。夜裡醒來，窗子開著，月光灑在高樓的屋頂上，那感覺還在。我把臉從月光下移到陰影中，還是睡不著，睜眼躺著思量這件事。我們倆夜裡都醒了兩次。此刻，太太睡得很甜，臉上有月光。我得想個透徹，但實在太笨。那天早上我醒來時，發現毫無春意，聽到牧羊人的風笛，還出去買了份賽馬報——生活如此單純。

然而巴黎很古老，我們正年輕，那裡沒有什麼事是簡單的——貧困、突來的錢財、月光、是非對錯，甚至你身邊人在月光中的呼吸。

第七章

# 嗜好的終結

## The End of an Avocation

那一年和之後許多年，我早起工作之後就去看賽馬。海德莉喜歡，有時簡直入了迷。但她喜歡的不是爬上森林後面的草原，不是夜晚回到小木屋，也不是跟好友秦克翻過隘口到另一個國度，甚至也不是賽馬本身，而是賭馬。但是我們稱之為賽馬。

賽馬不會使我們之間產生間隙，只有人有此能耐。但是長久以來，它像一個難侍候的朋友，緊跟著我們。這樣說算是很寬容了。我，一向坦然面對人和人的墮落，我忍受了這個最虛假、最美麗、最刺激、最邪惡也最苛求的朋友，只因為它能讓我發財。要想發財，就得把它當成全天候的工作，而我沒有那麼多時間，為了使它有正當性，於是我書寫它。雖然最終所有我寫的都遺失了，只有一則賽馬故事存留下來，是因為那篇文章寄出去了。

如今我多半自己獨個去看賽馬，全心投入而且過分沉迷。在賽馬季節，我盡可能去兩個賽馬場：歐特伊和翁甘。要聰明下注，需要全天候工作，這樣是賺不了錢的，其實報紙上就提供了相關訊息，只要買份報紙就行了。

在歐特伊，看障礙賽必須到看臺最高處。要快速爬上去，才能看清每一匹馬的表現，哪一匹馬該贏卻未贏、為什麼沒贏、為什麼沒有達到牠原本的水準。每一次你押注的馬準備出賽，就要注意價牌和所有賠率的變化，看牠的表現如何，才能知道馴馬師何時讓牠試賽。牠即使用盡全力也可能失敗，但如此一來，你才能知道贏面有多大。在歐特伊，這得下苦功夫，但是能每天看牠們馳騁，在現場親眼看到這些偉大的駿馬做最公平的競賽，真是一大樂事。你會了解賽馬場，勝過你認識的所有地方，最終，你會結識許多人：騎師、馴馬師、馬主人，還有許許多多馬匹和許許多多故事。

原則上，我只有找到中意的馬才會下注。有些時候，我能找得到一匹除了馴馬師和騎師沒人相信的馬，一次次下注而且大贏。最後，我決心不再賭了，因為我過於沉溺，太花時間，而且我對翁甘和每個障礙賽馬場的內幕已經知道得太多。

放棄馬經之後，我雖然高興，卻不免悵然若失。那時我就體認到，一項嗜好不論好壞，一旦停了，都會有失落感。如果是壞嗜好，這種空虛會自然彌合，若是有益的喜好，那就要找到一件更好的事來取代。我把賭馬基金又放回共同基金中，頓覺輕鬆，心情大好。

決定放棄賽馬的那一天，我到河對岸的保證金信託銀行（Guaranty Trust），座落在義大利大道（Boulevard des Italiens）和義大利街（rue des Italiens）轉角。我去把賽馬基金存入帳戶，但沒有告訴任何人，也沒有在支票戶頭上說明，只記在我的腦子裡。就在旅行櫃檯前，碰到一個朋友麥克・華德（Mike Ward）。

「共進午餐，如何？」我問麥克。

「好啊，小夥子，我正好走得開。怎麼回事，你不去賽馬場了？」

「不去了。」

我們來到盧弗瓦廣場（Square Louvois）一家很普通但口味不錯的小酒館，點了非常好的白葡萄酒。廣場對面就是國家圖書館（Bibliothèque

Nationale）。

「你好像不常去賽馬場，麥克。」我說。

「是啊，很久沒去了。」

「為什麼不去了？」

「不知道，」麥克說：「不對，我當然知道，所有必須下賭注才夠刺激的，都不值得看。」

「你從來不去？」

「有大賽事的時候、有極品名馬出賽的時候才去。」

酒館供應很好的麵包，我們抹上肉醬，配白酒。

「你關心賽馬消息嗎，麥克？」

「很關心。」

「你覺得有比賽馬更有趣的事嗎？」

「自行車賽。」

「真的？」

「不必下注，只要看。」

「賽馬太花時間。」

「太花時間，佔去你所有的時間，而且，我也不喜歡那些人。」

「我以前非常熱衷。」

「是啊，現在不玩了，還好吧？」

「沒問題。」

「放棄是對的。」麥克說。

「我放棄了。」

「不是容易事，小夥子。哪天一起去看自行車賽。」

這是件新鮮的趣事，我還沒接觸過。但我們沒有立即開始，那是後來的事。當我們在巴黎的第一階段結束之後，它變成我們生活中很重要的成分。

在很長一段時期，我們安於自己在巴黎的小日子。告別賽馬場，把心思放在自己的生活和工作上，跟我們認識的畫家來往，不要把生活變成賭博，還用其他名目自欺。我嘗試過很多自行車賽的故事，但從沒法寫出一篇像賽事本身那般精彩，不論是室內、室外賽場或越野賽，但是將來我一定要寫出那些午後迷濛光線中的冬季賽車場（Vélodrome d'Hiver）、木板賽車道和騎士車輪駛過木板時迴旋的聲浪、他們上蹬下衝的奮戰和技藝，每個人都與車融為一體；我要寫出中程賽的神奇；摩托車的聲響，跟在後面駕駛拖車的教練頭戴笨重護盔、身穿厚重皮衣，身子往後仰，以保護身後騎士，擋住迎面而來的氣流。騎士們戴著輕型護盔，俯身把手之上，雙腿踩動巨大的鏈輪，小前輪幾乎碰上前面為他們擋住氣流的車子，還有賽車中最刺激的雙人對決：摩托車噗噗作響，賽手肘靠肘、輪子靠輪子賣命衝刺，直到其中一人落在後面，脫離隊伍，迎面撞上原先被遮擋住的那股強大氣流。

自行車賽種類繁多，直線短程賽分預賽和決賽，在決賽中，兩名選手可能平行前進數秒之久，讓對手先跑在前面，然後慢慢環繞前行，最後以最大速度衝刺勝出。另有兩小時的團隊賽，下午則安排各種短程預賽，還有選手單獨作一小時測速賽。此外在蒙魯齊（Montrouge）的露天「水牛體育館」（Stade Buffalo）五百米碗型木造賽車道上則是一百公里遠程賽，前面有重型摩托車護駕。這種比賽危險刺激，最是好看。大名鼎鼎的比利時選手李納（Linart）[1]——因為側影相似，綽號「蘇族人」（the Sioux）[2]——在最後衝刺時習慣低頭從賽車服裡的一根橡皮管裡，吸一口放在熱水瓶保溫的櫻桃白蘭地。還有在歐特伊附近的「王子公園體育場」（Parc du Prince）六百六十米水泥跑道舉行的法國錦標賽[3]。那是條險象環生的賽道，最傑出的賽手迦內（Ganay）就栽在那裡，頭骨在護盔裡砸碎了，就像野餐時在石頭上敲破一只煮雞蛋。我一定要寫出這六天賽程中的奇異世界和山區賽車的懾人場景。然而，法文是唯一能適切描述自行車賽的語言，所有術語都是法文，所以寫起來沒那麼容易。麥克說得對，賽車不需要下注，不過，看自行車賽是巴黎另一段時期的事了。

1 Victor Linart（1889-1931），著名比利時自行車賽手，曾四度獲得世界冠軍。

2 Sioux，居住在美國北部和加拿大南部的一個美洲原住民部落。

3 環法自行車賽（Tour de France）是每年舉辦的多賽段公路自由車賽，主要在法國進行，有時也出入周邊國家（如比利時、德國、西班牙、荷蘭等）。從一九〇四年開始，每年於夏季舉行，賽期長達二十三天，平均賽程超過三千五百公里。比賽結束前總是會穿越巴黎市中心的香榭里舍大道，和艾菲爾鐵塔，接受群眾歡呼。環法自行車賽是世界三大自行車環賽之一，另外兩個賽事是環義和環西自行車賽。

第八章

# 飢餓是一種心志鍛煉

# Hunger Was Good Discipline

在巴黎這個地方，如果你吃得不夠飽，就特別容易餓，因為所有麵包店的櫥窗裡有那麼多誘人的糕點，而且餐廳外的行人道上也有人進餐，你可以清楚看到、聞到盤中的食物。如今我放棄了記者生涯，寫的東西在美國又乏人問津，如果跟家人說要在外面與朋友共進午餐，那麼最好的去處就是盧森堡公園。從天文臺廣場（Place de l'Observatoire）到沃吉哈街這一路都不會看到、聞到任何食物。進入公園，可以去逛盧森堡美術館。當你空著肚子，餓得發昏時，所有畫作都會格外強烈、清晰而且更有美感。我是在飢腸轆轆的時候才對塞尚（Cézanne）有了更深刻的了解，而且更真切地體會他是如何畫出他的風景畫的。我甚至猜想，塞尚畫畫的時候是否也在飢餓狀態？不過，我估計他是畫得太入神，忘了吃飯。人在失眠或飢餓狀態就會產生幻覺吧，雖不健康但頗有啟發性。後來我想，塞尚所感受的應該是另一種飢餓。

走出盧森堡公園，沿著狹窄的費武街（rue Férou），就到了聖許畢斯廣場（Place St.-Sulpice）。那一帶仍然沒有餐廳，只有安靜的廣場、長凳和樹木，還有一座獅子噴泉。一群群鴿子在石板路上踱步或乾脆站在主教雕像上。廣場北邊有個教堂，還有很多賣宗教用品和祭袍的店鋪。

從廣場往河邊走，這就無可避免的會經過賣水果、蔬菜、葡萄酒或麵包、糕餅店。不過，只要小心選擇路線，從右邊繞過灰、白石頭的教堂，走到歐德翁街，再向右轉就到了莎士比亞書店。這一路見不到太多賣食物的店鋪，歐德翁街上沒有餐廳，一直到廣場上才有三家。

待你走到歐德翁街十二號，飢餓感已經被壓制住了，感官卻出奇敏銳，連照片看起來都不一樣了，而且會看到以前從沒看到的書籍。

「你太瘦了，海明威。」希微亞會說，「你吃得夠嗎？」

「當然夠。」

「今天午餐吃了什麼？」

我的胃都要翻了，只能說：「我正要回去吃飯呢。」

「三點鐘吃午餐？」

「我沒意識到已經這麼晚了。」
「亞迪安[1]前幾天說要請你和海德莉吃晚飯，還想請法格（Fargue）[2]，你喜歡法格吧？也可以找拉博[3]，我知道你喜歡他，或者請其他你們喜歡的人也可以，你回去跟海德莉說一聲，行嗎？」
「她一定會很高興的。」
「我來發一封快信給她，你也不要工作得太辛苦了，要好好吃東西。」
「好的。」
「快回去吧，不要耽誤了午餐。」
「他們會留給我的。」
「不要吃冷的東西，快回去吃頓熱的。」
「有沒有我的信？」
「好像沒有，我去看看。」
她去看了看，找到一張字條，很高興的樣子，隨即打開書桌的一個小櫥。

「這是我不在的時候送來的，」她說。是一封信，沉甸甸的，像是裝著錢。「是魏德考普（Wedderkop）寄來的。」希微亞說。

「那就是《綜觀》（*Des Querschnitt*）雜誌[4]。你見過魏德考普嗎？」

「沒有，不過他來找過喬治（George）[5]，他會見你的，別擔心，或許他想先把錢付給你。」

「總共是六百法郎，信上說還會給我更多。」

---

1 指的是Adrienne Monnier（1892-1955）她和希微亞共同創立了莎士比亞書店，她們都是作家、出版商、翻譯家，但她們最大的貢獻是對年輕作家和藝術家的支持和贊助。

2 Léon-Paul Fargue（1876-1947）法國詩人、作家，著有《巴黎的步行者》（*Le Piéton de Paris*），1939

3 Valery Larbaud（1881-1957）法國詩人、作家、評論家。

4 德國柏林於一九一二至一九三八年發行的一個藝術雜誌，魏德考普是當時的編輯。

5 George Whitman（1913-2011），一九五一年在巴黎rue de la Bûcherie開書店，於一九六四年將書店更名為「Shakespeare and Co.」以繼承希微亞．畢奇的精神，經常邀請作家、詩人、藝術家免費在書店過夜。

「幸好你提醒我去看一下，親愛的好好先生。」

「真是好笑，德國竟是唯一買我作品的地方，只能賣給魏德考普和《法蘭克福日報》(*Frankfurter Zeitung*)。」

「可不是?不過你無需擔心，你還可以把小說賣給福特。」她調侃道。

「一頁稿紙三十法郎，假定每三個月給《跨大西洋評論》(*The Transatlantic*)寫一篇，每篇故事五頁，三個月就是一百五十法郎，一年六百法郎。」

「但是，海明威，別管小說現在能給你賺多少錢，最重要的是你能寫小說。」

「我知道我能寫，問題是沒人買，自從我離開報社，還沒有任何進帳。」

「會有人買的。你看，這不就是匯錢來的?」

「抱歉，希微亞，我不該說這些的。」

「有什麼好道歉的?我們談什麼都行。你難道不知道，每個作家一肚子牢騷？但是你要答應我，少操心、多吃點。」

「我答應。」

「那就回去吃午飯吧。」

離開書店，走到歐德翁街上，我對自己非常不齒，竟然在人前發牢騷。寫作是我自己的選擇，這種行為實在太丟人。我不應該省掉一餐，大可買一大塊麵包果腹，可以享受金黃色的美味脆皮，但少了點喝的，嘴裡未免乾了點。你這可惡的牢騷鬼、卑劣虛偽的聖人、殉道士，我咒罵自己。是你自己心甘情願放棄記者工作。你有信用，希微亞會借錢給你的，她已經借了好幾次了。下一次你又要在別的地方妥協了。飢餓有益健康，肚子餓的時候照片看起來的確好很多。吃當然是件好事，但你的下一頓在哪兒？

就在力普（Lipp's）[6]，這就是個有得吃也有得喝的地方。

6 Lipp's，力普小酒館，位於聖日耳曼大道的百年老店（創立於一八八〇年），是左派知識分子大本營。與雙叟（Deux Magots）和花神（Flore）兩家咖啡館遙遙相望，這個金三角的名人錄幾乎涵蓋

我快步走到力普，所經之處，我的胃、我的眼、我的鼻都沒閒著，這就使這段路程更加有趣了。小酒館裡人還不多，我在靠牆的長凳坐下，背後有面鏡子，面前有張桌子，服務生問我是不是來杯啤酒，我點了一公升的大杯啤酒，還點了份洋芋沙拉。

冰涼的啤酒，喝來舒暢極了。橄欖油拌沙拉很有嚼勁，浸在橄欖油裡格外美味。我在洋芋上遍灑胡椒粉，撕下麵包浸在橄欖油裡吃，又一口氣喝了幾口啤酒，這才把速度放緩。吃完洋芋又加點了一份，還點了一種短臘腸（Cervelas），比法蘭克福腸（Frankfurter）粗，但長度只有一半，上面還塗了一種特別的芥末醬。

我用麵包把橄欖油和醬料都抹了個乾淨，一邊慢慢喝啤酒，直到酒已經不冰了，才一口喝盡。又點了一種小杯啤酒，看著它倒在杯裡，好像比大杯的更沁涼。我一口喝掉半杯。

其實我從來不擔心，我知道我的短篇小說寫得很好，早晚會在美國出版的。在辭去新聞工作時，我就確信小說會出版，但寄出去的每一篇都遭退稿。支撐我信心的，是歐布來恩（Edward O'Brien）把《我的老爹》（*My Old Man*）收入《年度最佳短篇小說選》，而且把那一年的集子題獻給我。想到這兒，我開心地笑了，又是幾口啤酒下肚。那篇故事從來沒在任何雜誌發表，把它收入年度選是違反所有出版規則的，我不禁莞爾，引得服務生側目。好笑的是，經過這麼長時間，他還是把我的名字拼錯了。這篇小說是我倖存的兩篇之一。話說那回海德莉把我的手稿都放在手提箱裡，想帶到洛桑（Lausanne）給我一個驚喜，讓我在山中度假時可以繼續。她把我的原稿、打字稿和打印稿全都收在牛皮紙袋，再放入手提箱，沒想到箱子在巴黎里昂火車站（Gare de Lyon）被偷了。所有稿子化為烏有。這一篇之所以倖存，是因為史帝芬斯（Lincoln Steffens）把它寄給了某位編輯，又被退了稿，正在回家的路上呢。

---

法國政治、文化和演藝各界的名人，考克多、普魯斯特、卡繆、密特朗等都是常客。

倖存的另一篇《在密西根》，是史坦小姐來我家作客之前已寫就的，我一直沒有重謄寫過，因為她說「見不得人」，就被我隨手塞進抽屜裡了。

離開洛桑到義大利之後，我把那篇賽馬的故事拿給歐布來恩看。他性情溫和、靦腆、面色蒼白，有一雙淺藍色眼睛，平直的頭髮是自己剪的。那時他寄宿在拉帕洛鎮（Rapallo）山上的一個修道院裡。那段日子我正處低潮，以為再也寫不出東西了。我把那篇小說拿給他看，只當是個新鮮玩意兒，就像你傻乎乎把莫名其妙搞丟的船上羅盤針給人看，或者在車禍後把折斷的腿當玩笑說給人聽。但，等我唸完故事，卻發現他比我還傷心，除了生離死別或其他難以忍受的痛楚，我沒見過什麼事能讓一個人如此悲痛，唯一例外就是海德莉把我的稿子丟了，她哭個不停，不敢告訴我。我安慰她，不管闖了多大的禍都沒關係。不必擔心，一定有辦法解決，最後她終於告訴我了。我認為她不可能也帶走了影印本。當下就雇了一個人幫我代班——那時記者的收入不錯——搭火車趕回巴黎。這事的確是真的。我記得那晚回到公寓，確定稿子真的丟了之後做了什麼，現在這件事過去了。秦克教會我，不要在災難上糾結。我叫歐布萊恩不必難過，早期的作品丟了，或許對我是一件好事，我也把軍中那套勵志的話說了一遍，還說，我會重新開始寫小說。我說這話，好像只是為了安慰他，但我知道，我是認真的。

坐在力普酒館裡，我回想丟了手稿之後，什麼時候寫出了長篇小說。那是在科提那丹佩索（Cortina d'Ampesso），我為了去萊茵區（Rhineland）和魯爾區（Ruhr）區採訪，不得不提早結束春季滑雪，回到那兒與海德莉重聚。那是篇很簡單的故事，叫《不合時宜》（*Out of Season*），我把老人上吊自殺這段真實的結局刪掉了。根據我的新理論：如果省略部分可以增強效果，那就該刪，留白才能耐人尋味。

我想，我現在對小說的領悟，別人還不懂，自然也就沒有需求，這一點毫無疑問。不過，最終他們會懂的，就像對繪畫一樣，只是需要時間，需要耐心。

一旦縮減餐點預算，就得把心態調整好，不要終日想著肚子餓這檔事。飢餓是很好的磨練，你可以從中學習。只要他們還不懂，你就比他們高明。當然囉，我現在是大大領先，以致三餐不繼。他們要是能趕上來一點，倒也不是壞事。

我知道我得寫一部長篇小說，但這似乎遙不可及。我一直在努力寫些可以發展成長篇的段落，困難無比。但寫長篇是必須的，就像賽跑選手不能只跑百米。之前我也寫過一個長篇，就是在巴黎里昂火車站遺失的那篇，那時我仍然保有一種小男孩便捷的抒情能力，但那就跟青春一樣，易逝而且經不起考驗。我知道也許丟了那篇稿子是件好事，但我也知道，還是得寫部小說。但要等到非寫不可的時候再寫，如果只因為該寫就寫，就像時間到了就該吃飯一樣，那我就太沒出息了。非寫不可，也就是只能做這件事，沒有其他選擇。就讓壓力慢慢累積吧。在等待時，我可以先寫一個長一點的故事，寫任何我熟悉的事都行。

這時候我已經付了帳，走出餐館，向右轉穿過雷恩街（rue de Rennes），這樣就可以避開「雙叟」咖啡館（Deux Magots）喝咖啡的誘惑。沿著波拿帕街（rue Bonaparte），抄最短的路回家。

我知道得最多、還沒有寫出來、還沒有忘記的是什麼？我真正了解而且關心的是什麼？唯一的選擇就是走最近的路，儘快回到我工作的地方。我從波拿帕街走到居耶梅街（rue Guynemer），再經達薩斯街（rue d'Assas），沿著聖母院廣場街往上走，就到了「丁香園」。

我找了一個角落坐下，午後的陽光從我的肩上射進來，我拿出筆記本，開始寫。服務生給我送來一杯牛奶咖啡，涼了以後我喝了一半，擱下杯子繼續寫。停筆後，還不想離開河邊，因為在這兒我可以看水裡的鱒魚。水面的波紋激盪著橋下木樁加固的橋墩。我寫的是關於戰後返鄉的故事，但是沒有提到戰爭。

到了早晨，這條河就會寫入小說，還有這田野，還有所有即將發生的事。

每天按照進度，其他事都不重要。口袋裡還有從法國賺來的稿費，花光了還會有其他進帳。

我現在要做好的，就是保持冷靜、清晰的頭腦。每一個清晨都是新的開始。

第九章

# 福特與魔鬼的門徒

## Ford Madox Ford and the Devil's Disciple

我們住在聖母廣場街一一三號鋸木廠樓上時，「丁香園」不僅是附近最好、也是全巴黎最好的咖啡館之一。冬天裡面很暖和，春、秋之際，坐在外面的樹蔭下也很舒服。旁邊有一座奈伊元帥的雕像，大道邊也放了許多方桌，上面有巨大的遮陽帳篷。兩名服務生都成了我們的好朋友。穹頂咖啡館（Dôme）和圓亭咖啡館（Rotonde）兩家的客人從來不會到「丁香園」來。因為他們在這裡沒熟人，走進來時，也不會引人注目。那年頭，很多人到蒙帕那斯大道（Boulevard Montparnasse）和拉斯帕伊大道（Boulevard Raspail）轉角的幾家咖啡館，為的是讓人看到，也可以說這種地方催生了不追求名垂千古，只求日日見報的專欄作家。

「丁香園」曾是許多詩人三不五時的聚會之所，最後一位引領風騷的詩人是弗和（Paul Fort）[1]，但我沒讀過他的詩。我在這兒唯一遇見過的詩人是桑達爾（Blaise Cendrars）[2]，他的臉像是被拳擊手打扁了，一隻空蕩蕩的袖管用別針捲起，用另一隻健全的手捲菸捲兒。他酒沒喝太多時是個有趣的伴，一旦喝多了就開始瞎編故事，但他瞎編的比許多人說的真故事更有趣。那一段時期他是唯一常到「丁香園」的詩人，我也只在那兒見過他一次。大多數顧客都是上了年紀、留著鬍鬚，衣著破舊的男士，帶著妻子或情人，有的還在西裝的翻領上別一條細細的紅色緞帶，就是「法國榮譽軍團勳章」（Legion of Honor），我們會以為他們都是科學家或大學者，點一杯飯前酒就可以坐很久。另有一批穿著更寒傖的，則點一杯牛奶咖啡，胸前戴的是紫色學院勳章，這可跟法蘭西學院毫無關係，那就表示他們是大學教授或講師。

有了這些人，就使這個咖啡館很自在，因為他們對彼此感興趣，也愛喝酒、咖啡和茶，喜歡看掛在報架上的報紙和期刊，沒有人愛炫耀。

還有一些住在附近的居民也常常來「丁香園」，有的襟上戴著十字勳章，

---

1 Paul Fort（1872-1960），法國詩人、劇作家，是象徵主義代表人物之一。

2 Blaise Cendrars（1887-1961），瑞士裔法國詩人。一次世界大戰爆發，加入外籍兵團，在馬恩（Marnes）戰役中失去了一條手臂。

還有的掛著黃色或綠色的軍功勳章，他們失去手腳卻能克服身體的殘障。我也注意到他們的假眼和經過整容的面孔。那經過大幅度修整的面龐散放一種光彩，就像平整的滑雪道的反光。我們對這些客人的尊敬甚於學者、教授，雖然後者也可能上過戰場，只是沒有斷手斷腳。

那時候，我們不信任沒有上過戰場的人。其實我們對任何人都不是完全相信。桑德爾大可不必炫耀他斷了的手臂。我很高興他總是下午來，那時大批的老顧客還沒到。

那天黃昏，我坐在「丁香園」戶外的一張桌旁，看著樹木、建築上光線的變化，外面林蔭道上有高大的馬匹緩慢走過。這時，我身後咖啡館的門突然打開了，一個人從我右手邊出來，走到我的桌前。

「哦，原來你在這兒。」他說。是福特（Ford Madox Ford），那時他是這麼稱呼自己的[3]。他從濃密、染黑的鬍鬚中喘著氣，將腰桿挺得筆直，活像一只穿了衣服、會走路的、倒放的大圓桶。

「我可以跟你坐嗎？」他邊說邊坐下來。他的藍眼睛褪了色，眼皮和眉毛無精打采，眼光望著大街，說道：「我花了半輩子的時間，把這些畜牲用比較仁慈的方式幹掉。」

「你告訴過我了。」我說。

「沒有。」

「我確定。」

「這就怪了，我這輩子還沒有告訴過任何人。」

「你要喝點什麼？」

服務生站在他旁邊，福特說他要一杯黑醋栗苦艾酒。那服務生又高又瘦，禿頂上有幾綹光滑的頭髮，留著大鬍鬚。他重述了一遍福特要的酒。

「不要，還是給我來杯白蘭地加冰塊。」

3 原名Ford Hermann Hueffer（1873-1939），英國小說家、編輯、評論家。

「先生要一杯白蘭地加冰塊。」服務生再確認。

遇到福特，我盡可能不要看他，如果跟他近距離待在一個密閉空間，我得憋著氣。但現在是在戶外，行人道上的落葉從我桌邊吹到他那邊，我可以好好打量他一番，又覺得不妥，便望向林蔭大道。這時光線又變了，而我沒注意到。我喝了一口酒，看看有沒有因為他的到來而走味。還好，味道仍然香醇。

「你看起來有點悶悶不樂，」他說。

「沒有的事。」

「不要否認，你應該多出去走走。我是來邀請你參加我們在鄉村舞廳的晚會。離勒穆主教街的護牆廣場不遠。」

「在你這次來巴黎之前，我在它樓上住過兩年。」

「怪呀，你確定？」

「沒錯，」我說。「我確定。舞廳的老闆有一輛出租車，我要趕飛機的時候，他就載我到機場。出發前會在舞廳的吧臺前，摸黑喝杯酒，再直奔機場。」

「我從來不喜歡搭飛機。」福特說，「你跟太太計畫一下，週末晚上來舞廳，很好玩的。我畫張地圖給你，方便你找。我是在無意中發現的。」

「它就在勒穆主教街七十四號樓下。」我說，「我以前就住在三樓。」

「那裡沒有門牌號碼。」福特說，「但是你只要找到護城廣場就能找到。」

我又喝了一杯。服務生把福特點的飲料端給他。福特糾正：「我點的不是白蘭地加冰塊，」他很嚴厲地說：「我要的是黑醋栗苦艾酒。」

「不要緊，尚恩（Jean），」我說，「這杯白蘭地給我，你把這位先生現在要的酒拿給他。」

「是我之前要的。」福特糾正我。

就在那時，一個披著斗篷、面容憔悴的男子從行人道上走過。他跟一位高挑的女子在一起，朝我們這桌望了一眼，繼續往大道走去。

「你看見我故意不睬他嗎？」

「沒有，你不睬誰？」

「貝洛克[4]」福特說：「看我把他糗的！」

「我沒看到，」我說：「你幹嘛不睬他？」

「我當然有我的理由。」福特說：「他可糗大了！」

這下他樂不可支。我與貝洛克未曾謀面，也不相信他看見我們了。他像是若有所思，只是無意識地望了我們這桌一眼。福特對他無禮，讓我很愧疚。作為一位開始寫作的年輕人，我對這位前輩心懷敬意。這種心情現在的人或許不能理解，但在那個時代是很平常的。

我想，要是貝洛克能停下來，讓我認識他該多麼好。福特的出現，敗了我的興，要是能結識貝洛克倒是一種彌補。

「你為什麼要喝白蘭地？」福特問我。「你難道不知道對一個年輕作家，開始喝白蘭地會是個致命傷？」

「我不常喝。」我說，我在回想龐德對我說過關於福特的故事。他囑咐我，絕對不能對他無禮。要我記得他只有在非常疲憊的狀態才會胡說。而且，他其實是個好作家，只是經過悲慘的家庭變故。我很努力回想龐德的話，但是當粗大的福特在面前出現，喘著氣，實在令人噁心，但我盡力了。

「告訴我，一個人為什麼故意不理睬他認識的人？」我一直以為這種事只有在韋達（Ouida）[5]的小說裡才會發生。她的小說我根本讀不下去，即使在瑞士滑雪，手邊的書都看完了，潮濕的南風吹起，只剩下戰前留下來的陶希尼（Tauchnitz）版本，但憑著我的第六感我知道，她小說的人物互不理睬。

「一位紳士不會理會一個痞子。」福特解釋道。

我快速啜了一口白蘭地。

「他會理睬一個無賴嗎？」我問。

4 Hilaire Belloc（1870-1953），英國作家。

5 Ouida（1839-1908），英國女小說家，哈梅（Maria Louis Ramé）的筆名。

「紳士不可能認識無賴。」

「這麼說，你只能不理會同類人了？」我追問。

「那當然。」

「紳士又怎麼會碰到痞子呢？」

「可能你認識他的時候不知道，或者他後來變成了痞子。」

「什麼叫痞子？」我問：「是不是那種欠揍的人？」

「不一定。」

「龐德是位紳士嗎？」

「當然不是。」福特說，「他是美國人。」

「美國人就不能是紳士？」

「也許奎恩（John Qian）能算一個，」福特說：「還有你們某一位大使。」

「赫瑞克（Myron T. Herrick）[6]？」

「有可能。」

「亨利・詹姆斯是位紳士嗎？」

「很接近了。」

「你自己呢？」

「那還用問，我是接受過皇家委任書的。」

「這件事還真複雜。」我說，「那我是紳士嗎？」

「絕對不是。」福特說。

「那你為什麼跟我一塊喝酒？」

「我是跟一位有前途的年輕作家喝酒，也就是把你當作同行。」

「多謝美意。」

「你在義大利也許會被當成紳士。」福特十分寬宏大度地說。

---

6 Myron T. Herrick（1854-1929），美國政治家，曾兩度出任駐法國大使（一九一二至一九一四年及一九二一至一九二九年）。巴黎第八區有街道以他命名。

「那我不是痞子囉？」

「當然不是，親愛的小夥子，誰會這麼說？」

「也可能會變成一個，」我面露沮喪：「有喝白蘭地之類的惡習。特洛普（Trollope）[7]筆下的哈斯波爵士（Lord Harry Hotspur）就是這種人。你說，特洛普算個紳士嗎？」

「當然不是。」

「你確定？」

「可能正反意見都有，但對我來說，他不是。」

「費爾汀（Fielding）[8]呢？他當過法官。」

「就職業上來看，也許是的。」

「馬羅（Marlowe）[9]呢？」

「當然不是。」

「約翰・鄧恩（John Donne）[10]？」

「他是個牧師。」

「真有意思。」我說。

「我很高興你感興趣。」福特說。「我走之前還要來一杯白蘭地加冰。」

福特走後，天色已經暗了。我走到書報攤，買了一份《巴黎體育報》（*Paris-Sport Complet*）。這是賽馬晚報的最新版。上面有歐特伊馬場的結果和次日翁甘的賽程。剛接尚恩班的服務生艾彌（Emile）也過來看歐特伊最後一場比賽的結果。我的一位難得出現在「丁香園」的好朋友走了過來，在他向艾彌點飲料的時候，那位披斗篷、陪著一位高挑女子的落魄人物又在行人道上

---

7 Anthony Trollope（1815-1883），英國維多利亞時代的小說家。

8 Henry Fielding（1707-1754），英國小說家、劇作家，也是法學家。代表作《湯姆瓊斯》（*Tom Jones*）。

9 Christophe Marlowe（1564-1593），英國劇作家、詩人，與莎士比亞同年出生，以寫韻詩和悲劇著名。

10 John Donne（1572-1631），英國玄學派詩人、學者。因撰文攻擊天主教，維護王權而獲得詹姆斯一世的賞識，於一八一五年成為王室牧師。

走過，他的眼光向我們桌子瞄了一眼，而後又移開。

「那是貝洛克，」我告訴朋友，「福特今天下午在這裡，卻故意不睬他。」

「別傻了，」我朋友說：「那是克羅利（Alestair Crowley）[11]，是個惡魔。據說是全世界最邪惡的人。」

「對不起。」我說。

11 Alestair Crowley（1875-1947），英格蘭神祕學家、儀式魔法師、詩人、畫家。

第十章

# 一個新學派的誕生

# Birth of a New School

幾本藍皮筆記本、兩支鉛筆、一個削筆器（用隨身刀就太浪費）、一張大理石桌面、清晨的氣味——清掃、擦洗——還有好運氣，你需要的就是這些了。為了好運道，還帶著一支七葉樹枝和一隻兔子腳。兔腳上的毛早就磨光了，骨頭和腱子也磨得發亮，腳爪勾住你口袋的襯裡，你就知道，好運仍在。

有些天進行得非常順利，你可以走入你描寫的鄉村，穿過樹林，來到一片森林墾拓地，再爬上高坡，遠眺湖灣後面的山峰。這時鉛筆尖突然在削鉛筆器錐型刀片口斷了，你得用小刀的刀尖把它剔出，或者用鋒利的刀片小心地削尖鉛筆，然後把手臂伸入帶著汗漬的背包皮帶，把背包背起來，再伸進另一只手臂，感覺背包的重量。同時你的鹿皮鞋能感覺腳下踩過的松針，就這樣朝著湖邊走去。

突然你聽到有個人對你說：「喂，海，你在幹嘛呢？在咖啡館寫作？」

你知道好運到頭了，只好闔上筆記本。這就是最糟的情況，你要是能忍住不發脾氣還好，可惜我不擅於克制：「你這狗崽子，不去搞你的齷齪事，到這裡來幹什麼？」

「別以為耍性格，就可以血口噴人。」

「帶著你的臭嘴滾出去！」

「這兒是公眾咖啡館，我跟你一樣有權利待在這裡。」

「你怎麼不去『小茅屋』？那才是你該去的地方。」

「好了，拜託，別找麻煩了。」

這時候你可以掉頭就走，希望這只是不期而遇，這位偶然擠進來的老兄不至於對你構成騷擾。其實要工作，還有幾家不錯的咖啡館，只是要走一段路。「丁香園」是我的家庭咖啡館，如果就此被逐出，未免惱人，我得嚴正表明態度，要不就走人。走開或許比較明智，無奈一陣怒火往上衝，我說：「你給我聽好了，你這種混蛋可以去的地方很多，幹嘛偏要跑到這裡來，把這個清清白白的咖啡館搞得烏煙瘴氣？」

「我只是進來喝一杯，有什麼不對？」

「你怎麼不待在家裡，有人伺候你喝，你還可以捧杯子。」

「家在哪裡？聽起來像是個好地方。」

他就坐在鄰座，是個又高又胖的年輕人，戴副眼鏡，他點了杯啤酒。我決定不理會，看看是否能繼續工作。於是，就當作沒看見，又寫了兩個句子。

「我不過就是跟你講講話。」

我繼續寫下一個句子，一旦全心投入，文思順暢，想停都停不下來。

「看樣子你現在踐得沒人能跟你說上話了。」

我又寫了一個句子，完成一個段落，又復誦了一遍，都沒問題，開始寫下個段落的第一句。

「你從來不關心別人，不知道別人也有別人的難處。」

我這輩子聽慣了抱怨，我還是可以照樣寫，抱怨聲也不會比其他噪音更騷擾，何況我還忍受過龐德練習吹巴松管呢。

「就算你想當個作家，自己覺得渾身都是寫作細胞，也不見得就能如願。」

我繼續寫，覺得好運和其他好事情都來了。

「就算它曾經像擋不住的洪流般來了，但終究還是會離去，讓你失聲，說不出話。」

比失聲和噪音都好，我寫我的，他現在乾脆大聲吼了，那些胡言亂語就像鋸木廠鋸木板的聲音，對我反而有撫慰作用。

「我們去了希臘。」後來又聽到他說，之前好一段時間我只把他當噪音。現在進度超前可以暫且打住，明天再繼續。

「你是說希臘文還是去過希臘？」

「不要那麼低級趣味。」他說：「你不想聽我說清楚？」

「不必了。」說著我闔上筆記本，放入口袋。

「你不想知道結果如何？」

「不想。」

「你對一個同類的生活和痛苦漠不關心？」
「對你，就免了。」
「你真可惡。」
「沒錯。」
「我以為你能幫我忙，海。」
「我巴不得給你一槍。」
「你真做得出來？」
「不會，因為違反法律。」
「我願意為你做任何事。」
「是嗎？」
「當然。」
「那就滾出這間咖啡館，從這裡做起吧。」
我起身，服務生過來，我付了帳。

「我陪你走到鋸木廠，行嗎，海？」

「不行。」

「罷了，那就改天見吧。」

「不要在這裡。」

「沒問題。」他說，「我保證。」

「你在寫什麼？」我犯了錯誤，問了個問題。

「我在賣力寫，就跟你一樣，但實在是難啊。」

「不能寫就不要勉強，有什麼好大聲抱怨的？回家吧，找個工作，要不上吊。就是別再提寫作，你永遠寫不成的。」

「你憑什麼這麼說？」

「你難道沒聽過你自己說的話？」

「我說的是寫作。」

「那就閉嘴。」

「你真冷酷。」他說，「每個人都說你冷酷、沒心肝、自大，我一向為你辯護，以後不會了。」

「那就好。」

「你怎能對一個同類如此冷酷？」

「不知道。」我說，「其實，你要是不能創作，何不學著寫評論？」

「你認為我該寫評論？」

「這樣很好。」我對他說，「你仍然在寫作，卻永遠不必擔心寫不出來，或者失聲、說不出話。你寫的東西會有人讀，而且受尊敬。」

「你覺得我會是個好評論家？」

「我不知道會有多好，但你一定可以寫評論，而且會有人幫你忙，你也可以幫助你同類的人。」

「什麼是我同類的人？」

「就是跟你混的那幫人。」

「你說他們哪，他們有自己的評論。」

「你不一定要寫書評，」我說，「也可以評論繪畫、戲劇、芭蕾、電影——」

「聽起來很誘人，非常感激，這主意好而且有創意。」

「要說創意未免誇張。畢竟，上帝創造世界只花了六天，第七天休息。」

「當然這也不妨礙我繼續創作。」

「絕對不會，只是，你可能以自己的評論為自己設下難以企及的高標準。」

「標準肯定很高，這一點你可以放心。」

「我相信。」

他儼然已經是個評論家了，我問他要不要喝一杯，他欣然同意。

「海，」他說，我知道他已擺出評論家的架勢，因為他開始把名字放在句子前面，不再放後頭。「我得告訴你，我認為你的作品有點乾澀。」

「遺憾。」我說。

「海，你的文字太乾澀、太簡略。」

「真糟。」

「海，就是缺少修飾、太貧乏、瘦骨嶙峋的。」

我心虛地摸了摸口袋裡的兔子腳。「我會讓它豐潤一點。」

「小心，我可不要你把它弄得虛胖。」

「哈爾（Hal），」我說，學著評論者的腔調，「我會儘量避免。」

「很高興我們終於有共識了。」他大模大樣地說。

「你記得答應過不會在我工作的時候到這裡來？」

「當然，海，一定。我去我自己的咖啡館。」

「你真好。」

「我盡力。」他說。

如果這位年輕人後來果然變成一位著名評論家，那可是段佳話而且具有啟發性，可惜終究未成。有一段時間，我是抱著期待的。

我不認為他第二天會來，但我不想冒這個險，所以決定放「丁香園」一天假。第二天，我起得很早，把一堆橡皮奶嘴和奶瓶用熱水燙過，依照配方調好奶，給邦比先生喝了一瓶，然後就在餐桌上工作，直到天黑，只有我和貓咪帕斯還醒著。他們倆都很安靜，是好伴侶。我的工作效率空前地好，甚至不需要兔子腳，不過知道它在口袋裡還是很安心的。

第十一章

# 與帕辛相遇穹頂咖啡館

With Pascin at the Dôme

這是個美好的夜晚，努力工作了一天，我走出鋸木廠上的小公寓，穿過中庭的木柴堆，把大門帶上。過了街，從麵包店後門進入，穿過烤爐放散的麵包香，有到前面的蒙帕那斯大道。天色已暗，麵包店亮了燈，我在薄暮中沿街來到了「土魯斯黑人」餐廳（Nègre de Toulouse）的露天咖啡座。餐巾架上，紅白格子的餐巾都用木環圈著，等著我們用餐。在紫色油墨印好的菜單上，看到「今日特餐」是「白豆悶鍋」（Cassoulet）。光唸這菜名就讓我食指大動。

老闆拉維尼（Mr. Lavigne）問我寫作進行得如何，我回答很順利。他說，一大清早就看見我在「丁香園」露天咖啡座上埋頭寫，他沒來打招呼，怕打擾我工作。

「你看起來像一個叢林裡的隱士。」他說。

「我在寫作時就像一隻瞎眼的豬。」

「你不是在叢林裡嗎，先生？」

「是在灌木叢裡。」

飯後我繼續沿大街走，邊看看櫥窗。在這春天的夜晚，行人與我擦身而過，我心情愉快。走過三家最大的咖啡館，我看見些有過一面之緣的，也有曾經交談過的，但總有些更好看的人物是我不認識的，他們在這華燈初上的夜晚正匆匆去赴約，到某個地方一塊兒吃飯、一塊兒飲酒，然後做愛。坐在那三家咖啡館裡的人可能也做同樣的事，又或許只是坐坐、喝喝酒、聊聊天，期待被人看見。而我喜歡的那些還不認識的人，他們常去那些大咖啡館，因為可以隱身其中，不被人注意，才能單獨相聚。那時大咖啡館也比較便宜，有很好的啤酒，開胃酒也不貴，價錢都清楚標明在端來的碟子上。

這天晚上，我腦子裡轉的都是些很籠統也無甚新意的念頭，自覺十分潔身自好，因為我發憤工作，辛勤了一整天，其實心裡只渴望去看賽馬。但這段日子，我沒有錢去賽馬場，雖然下點功夫也可能賺錢。當時馬匹使用興奮劑非常普遍，而且還沒有用唾液或其他方法檢測，在這種情況下，去研究使用禁藥馬匹的有利和不利條件，在馬場裡搜尋使用的跡象，再運用感覺甚至超感應，找馬匹下注，而且只能贏，不能輸，這對一個要負擔妻小生活，還要專心拓展寫作生涯的年輕人，是絕對不妥的。

不論用什麼標準，我們依舊很窮，要處處撙節，比如常謊稱有人請吃中飯，然後在盧森堡公園裡轉悠兩個鐘頭，再回家跟太太誇讚食物如何美味。當你正值二十五歲，又天生體格粗壯，少吃一頓會餓得發昏，但同時會讓你的感官特別敏銳。我發現我筆下的許多人物都是胃口特別大，喜歡吃也懂得吃，多半還很愛喝一杯。

在「土魯斯黑人」餐廳，我們喝的是上好的卡奧酒（Cahors），四分之一瓶、半瓶或整瓶的，通常要攙三分之一的水，加以稀釋。在鋸木廠樓上的家裡，我們喝一種科西嘉酒，名氣很大，但很便宜。這種酒攙上一半的水，還是很有勁道。那時候在巴黎，幾乎不花什麼錢就過得很好，只要偶而省掉一餐，不買新衣服，還可以不時揮霍一下。

那會兒我正從「菁英咖啡館」（Select）出來，因為看到史騰斯（Harold

Stearns），我得趕快避開。那傢伙一定又要大談馬經，而我已經很輕鬆而且心安理得地把那些畜牲打入冷宮。如今我的夜晚很節制，我避開了圓亭咖啡館裡的各色人等，帶著對惡習和集體本能的鄙視，穿過大街，到了穹頂咖啡館，裡面也擠滿了人，但他們是工作完畢才來的。

這裡有才下工的模特兒和畫到天黑才停筆的畫家，有寫了一整天——不管寫得好不好——的作家，還有酒鬼，各色人物，有些我認識，有些只當是背景。

我走進去，在帕辛的桌邊坐下，同桌的還有一對模特兒姊妹。我本來站在靠德隆波街（rue Delambre）的行人道上，正在考慮要不要停下來喝一杯，帕辛向我招手。他是位傑出畫家，已經喝得有點醉了，但他是慢慢喝，意識還很清楚。兩個模特兒年輕美麗，一個黝黑、小個子、身材很好，帶著一種稚嫩的風塵味，另一個有點孩子氣、表情呆滯。她的美是一種易逝的天真稚氣，她的身材不如姐姐。那個春天，她姊姊是我見過身材最美的女子。

「這對姐妹，一個好，一個壞，」帕辛說，「今天我有錢，你想喝什麼？」

「來一杯黃啤酒。」我對服務生說。

「來杯威士忌吧，今天我有錢。」

「我喜歡啤酒。」

「如果你真喜歡啤酒，就會去力普了，你大概寫了一整天了吧？」

「沒錯。」

「順利嗎？」

「希望如此。」

「好，我很高興，是不是每樣東西都覺得新鮮？」

「是的。」

「你多大年紀？」

「二十五。」

「你想跟她來一回嗎？」他看著那個黑女孩，笑著說，「她需要。」

「你今天應該已經跟她來得夠多了。」

她對我露齒微笑。「他下流，」她說，「不過人很好。」

「你可以把她帶到我的畫室去。」

「你少說混話。」金髮女孩說。

「誰跟妳說話？」帕辛問道。

「我高興說就說。」

「我們在一起可以放輕鬆點，」帕辛說：「一個是年輕有為的作家、一個是親切、有智慧的老畫家，還有兩位年輕貌美前程無限的姑娘。」

我們坐著，兩個女孩吸著飲料，帕辛又叫了一杯白蘭地蘇打，我喝啤酒。但除了帕辛，我們都不自在。那個黑女孩坐不住，一直在搔首弄姿，又轉向側面，讓光線打在她的面頰上，同時向我展示她黑色毛衣兜著的胸部。她的頭髮剪得很短，又黑又亮，像個東方女郎。

「妳已經擺了一天的姿勢了。」帕辛對她說：「現在到咖啡館還要秀妳的毛衣嗎？」

「我高興。」她說。

「妳看起來像玩具爪哇娃娃。」他說。

「眼睛不像，」她說：「我的眼睛表情豐富多了。」

「妳看起來就是像個很壞的小玩具娃娃。」

「也許吧，」她說，「但我可是活生生的，這點比你強。」

「等著瞧吧。」

「很好，」她說，「我要證據。」

「難道妳今天沒看見？」

「噢，那個啊，」她邊說邊轉身讓落日最後的餘暉映在她臉上。「讓你興奮的只有你自己的畫。他愛上了油畫布，」她對我說，「多少有點齷齪。」

「妳要我畫妳、付錢給妳、抱妳，好維持頭腦清醒，還巴望我愛上妳，」

帕辛說：「妳這個可憐的小洋娃娃。」
「你喜歡我的，是吧，先生？」她問我。
「非常喜歡。」
「但是你太大了。」她遺憾地說。
「上了床都一樣。」
「沒有的事，」她的妹妹說，「我不想再聽這種話了。」
「這樣吧。」帕辛說：「如果妳認為我愛上了油畫布，我明天用水彩畫妳好了。」
「什麼時候去吃飯？」她妹妹問：「去哪兒吃？」
「你跟我們一起吃飯嗎？」黑女孩問。
「不行，我得回去跟愛妻共餐。」那時候他們這麼稱呼，現在叫「太太」了。
「非回去不可嗎？」

「非回去不可，而且也想回去。」

「那就回去吧，」帕辛說，「小心別愛上你的打字紙。」

「果然如此，我就用鉛筆寫。」

「明天畫水彩，」帕辛說，「好啦，孩子們，我再喝一杯，然後就到妳們想去的地方吃飯。」

「去維京餐廳（Chez Viking）。」黑女孩說。

「我贊成。」她妹妹慫恿著。

「好吧。」帕辛同意，「晚安，年輕人，睡個好覺。」

「也祝你好睡。」

「她們不會讓我睡的。」他說：「我從來不睡的。」

「今晚睡個覺吧。」

「從維京餐廳出來再睡？」他咧嘴巴笑道，帽子滑到後腦勺。他看起來不像個可愛的畫家，倒像是十九世紀百老匯的人物。在他自縊身亡之後，我喜歡記住他那天晚上在穹頂咖啡館的模樣。有人說，我們未來行為的種子早已埋在我們心中。但是我總相信，那些懂得開人生玩笑的人，長在更沃的土壤，受到更好的照料。

第十二章

# 龐德和他的「才子幫」

## Ezra Pound and His Bel Esprit

龐德（Ezra pound）永遠是個好朋友，永遠樂於助人。他和太太桃樂西（Dorothy）位在聖母廣場街的工作室很簡陋，與葛楚史坦家的富麗恰成對比，但屋內光線很好，有爐火取暖，還掛著些他熟識的日本畫家的作品。這些畫家都是日本貴族，留著長髮，黑得發亮，鞠躬時就會甩到胸前，讓我印象深刻。但我不喜歡他們的作品，我看不懂，倒不是有什麼奧祕，因為等我看懂了，也不覺得它們對我有何意義。我覺得遺憾但也無可奈何。

桃樂西的畫作我倒是十分喜歡，她本人也長得美，身材比例非常好。我也喜歡高迪耶－布斯卡（Gaudier-Brzeska）為龐德雕的頭像。龐德曾為這位雕塑家寫過一本書，裡面收集了很多雕塑作品的照片，那些作品我都喜歡。龐德還欣賞皮卡比亞（Picabia）的作品，我覺得一文不值。也不喜歡龐德推崇的劉易士（Wyndham Lewis）的作品。龐德喜歡朋友的作品，忠於友情當然是件美事，但基於友情的判斷可能會錯得離譜。不過，我們從來不會有爭執，因為對我不喜歡的東西，我通常不表示意見。喜歡朋友的繪畫或文字，就像有些人偏愛自己的家人，若是妄加批評，未免失禮。批評家人，不論是直系還是姻親，不是件容易事，有時要忍耐很久。批評不入流的畫家就方便多了，因為他們不會像親密家人那樣傷害你，只要避而不見就行了。對於家人，你即使不看、不聽也不回信，他們還是有很多方式來找你麻煩。龐德待人比我仁慈，更像基督徒。他自己的作品，在切中要害時，簡直完美。即使他的錯誤也是誠懇的，所以他執著。對人則無比親切。我一直覺得他簡直就是個聖人。但他個性暴躁，可能很多聖人都是如此吧。

龐德要我教他拳擊，一天黃昏我們正在他工作室裡打拳，劉易士來了，那時龐德剛學不久，讓他在熟人面前練習，我有點尷尬，就盡量讓他表現好些，但這不容易，他只知道防衛，而我要他練習揮左拳，同時左腳上前，右腳跟上，這都是基本動作。我一直沒能教會他左勾拳，至於縮短右手出拳的幅度，要等很久以後了。

劉易士戴著一頂寬邊黑帽，就像這一帶的人物，他的穿著簡直像歌劇《波希米亞人》[1]裡走出來的角色。他的臉讓我想到青蛙，不是牛蛙，就是普通的青蛙，而巴黎這個池塘顯然對他是太大了。那年頭，我們相信一個作家或是畫家愛怎麼穿就怎麼穿，藝術家是沒有制服的，但是劉易士穿的是大戰前藝術家的制服，他的樣子讓人很不自在。他看著我閃開龐德的左拳或者用右拳擋住攻勢，神情倨傲。

我想停下來，但劉易士要我們繼續。我看得出來，他不知道我們在練拳，還在等著看我把龐德打傷，但什麼都沒發生，我從不回擊，只是任龐德進攻，我攔下他的左拳，出幾下右拳，便說練習結束。用瓶水沖洗後，以手巾擦乾再穿上棉線衫。

我們喝了點飲料，然後就聽著龐德和劉易士談論他們在倫敦和巴黎的朋友。我仔細打量劉易士，但就像拳擊時那樣，不讓他察覺。我從來沒見過長相如此不堪的人。有些人面露邪氣，就像名種賽馬一看就知道牠的品種，但患了一種頑強的硬下疳。劉易士倒並沒有露出邪氣，只是長得實在猥瑣。

在回家的路上，我努力回想他給我的印象，他讓我想到很多不同的東西，都是醫學術語，除了「腳趾瘡」（toe jam）是個俚語。我想把他的臉分成不同部位來描述，但是只記得眼睛，在他的黑帽下，我第一次看到他的眼睛，那是一個強姦未遂者的眼睛。

「我今天遇到這輩子見過最醜惡的人。」我對太太說。

「泰迪，別跟我談他。」她說，「請你不要提他，我們要開飯了。」

大約一星期後，我遇到史坦小姐，就告訴她我碰到劉易士，問她是否認識。

「我管他叫『丈量器』（the Measuring Man）。」她說，「他是從倫敦來的，每看到一幅好畫，就會從口袋裡拿出一支鉛筆，開始用大拇指捏著筆，一

---

1 源自法國作家亨利．繆爾傑（Henry Murger）的作品《波希米亞人生活場景》（*Scèner de la Vie de Bohème*），描寫十九世紀上半、聚居在巴黎拉丁區的一群年輕窮困藝術家的生活。他們經濟窘困，但精神昂揚，對藝術狂熱，後經普契尼（Puccini）改編為歌劇《波希米亞人》（*La Bohème*）。

邊看著畫，一邊丈量，研究是怎麼畫出來的，然後就回倫敦，依樣畫葫蘆，結果就是不同。他完全沒搞懂那幅畫的意涵。」

所以我也就把他當作「丈量器」，這個稱呼比我自己給他的要仁慈、善良得多。後來我慢慢去喜歡他、跟他交朋友，我信任龐德的推薦，接受他所有的朋友，但是我初次在他工作室遇見劉易士時，觀感就是很差。

龐德是我認識的作家中最慷慨、最無私的一位。他總是幫助他認為有前途的詩人、畫家、雕塑家和作家，對於有難的人更是不計一切，伸出援手。他還為每個人的生計操心，我剛認識他的時候，他最擔心的是T. S.艾略特[2]。龐德說，他在銀行工作，只能在下班後寫詩，這是不夠的。

龐德和邦尼小姐（Miss Nathalie Barney）組了一個「才子幫」，邦尼小姐是位富有的美國人，熱衷藝術贊助。她曾結交顧爾蒙（Rémy de Gourmont）[3]，那是上一代的事了。邦尼小姐定期在家中辦文藝沙龍，她的花園中有一座小小的希臘神廟。那時候有錢的美國和法國貴婦都會在家裡辦文藝沙龍，但只有邦尼小姐家有個小小的希臘神廟。我很早就知道，這類地方還是避之為妙。

龐德給我看他為「才子幫」設計的介紹冊子，邦尼小姐允許他使用那希臘神廟當封面。「才子幫」的宗旨是，我們各盡所能，捐助成立一個基金，讓艾略特不需要去銀行工作，專心寫詩。我覺得這個想法很好，待我們成功地把艾略特從銀行中解救出來之後，龐德打算繼續努力，把每個人都安頓好。

我常故意把事情搞混，在提到艾略特時，總是說「艾略特少校」（Major Elliot），而這位艾略特少校是位經濟學家，龐德對他的學說推崇備至。龐德知道我心裡是清楚的，而且全力支持「才子幫」，但是我在募款時，總說是為了把「艾略特少校」從銀行裡解放出來，這種玩笑，龐德不以為然。也有人會說，一個少校在銀行裡幹嘛？如果他被軍隊除了役，總該有退休俸或至少能領

---

2 T.S. Eliot（1888-1965），美裔英國作家、詩人、評論家，代表作《荒原》（一九二二年出版）公認是二十世紀最重要詩作之一。一九四八年獲諾貝爾文學獎。

3 Rémy de Gourmont（1858-1915），法國象徵派詩人、小說家、評論家。

些慰勞金吧？

碰到這種情況，我就會跟朋友說，你們完全搞錯了重點。重點是你究竟算不算得上是才子？如果是，你就認捐，把少校給救出來，如果不是，那就只好抱歉了。難道你們還不懂那小小希臘神廟代表的意義？真不懂？我早就知道，那只好抱歉了，老兄，把錢留著，我們不要。

身為「才子幫」的一員，我賣力地奔走籌款。那時節，我的美夢就是看到少校大步跨出銀行，成為自由人。「才子幫」後來是怎麼解散的，我已經不記得了，我想是因為《荒原》（*The Waste Land*）的出版，為「少校」贏得「日晷」獎（*The Dial*），不久之後，又有一位貴婦人贊助艾略特辦的刊物《基準》（*The Criterion*），所以龐德和我不需要再為他操心了。我相信，那小小的希臘神廟依然挺立在花園裡。「才子幫」未能獨力把少校從銀行裡救出來，於我是一個遺憾，因為在我的夢裡，我想像他會住在那小小的希臘神廟中，而我和龐德可以去造訪並且為他戴上一頂桂冠，我知道哪兒可以採到月桂葉，我可以騎著自行車去採來。當龐德寂寞的時候，或者當他校閱完另一首像《荒原》般的鉅作的時候，我們就去為他加冕。這整件事（還有很多別的事）對我的心情有很不好的影響，因為我把留下來救少校的專款帶去了翁甘馬場，而且押注在用興奮劑參加跳欄賽的馬身上。有兩場比賽，我賭的那幾匹馬都贏了沒用藥或用量不夠的馬匹。只有一場輸了，那次我們相中的那匹，興奮劑使用過量，比賽還沒開始，牠就甩下騎士，自顧自衝了出去，在賽場裡奔了一圈，牠的騰躍動作美得只會出現在夢境。後來騎士趕上來，再跳上馬背，加入比賽。這次，就如法國賽馬術語所說的，他贏得光彩，但輸了錢財。

要是能把這筆賭金捐給「才子幫」，我會高興些，可惜它已經散了。但我安慰自己：這筆賭金賺了很多，我對「才子幫」的捐獻會遠遠超出原先打算捐的金額。

第十三章

# 奇怪的了結

## A strange Enough Ending

我和葛楚史坦的友情後來結束了，說來也是十分奇怪。有一段時期我們成了很好的朋友，我幫了她不少忙，比如將她的長稿在福特編的期刊上連載，還幫她打手稿、讀校稿。能發展出這樣的交情是我料想不到的，畢竟男人與強悍女性交往本來就難有什麼發展——在親疏之間要拿捏得當才能愉快——與企圖心強大的女作家就更難有好下場。有一次，我路過福樂呂斯街二十七號沒有進去，我的藉口是不知道史坦小姐是否在家。她知道了，便對我說：「可是，海明威，你在這裡是可以自由出入的呀，你難道不知道？這可是我的心底話。你隨時來，女傭——她說的是女傭的名字，但我忘了——會招待你的，你就一切隨意，等我回來。」

我沒有濫用這個方便。有時我進去，女僕會遞上一杯酒，我就看會兒畫。如果史坦小姐還沒回來，便向女傭致謝，留個便條，就離去。一天，史坦小姐和一個同伴預備搭她的車去南部，要我在午前過去話別。她也邀我們去玩，海德莉和我可以住旅館，但我們另有計畫，我們想到別的地方去。當然這些不必多說，你仍然可以表示很願意去，到時候就說有事無法分身。對於推託邀約，我小有心得，這也是被逼出來的。很久以後，畢卡索告訴我，他的闊朋友邀請他時，他當面總是答應，以免掃興，事後就推說臨時有事，無法成行。不過，他這番話與史坦小姐無關，他說的是其他人。

那天春光明媚，我從天文台廣場往下走，穿過盧森堡公園，園中七葉樹盛開，孩童在碎石路上戲耍，娱母則坐在一旁的長板凳上。林間很多野鴿子，還有些只聞其聲，不知藏身何處。

我還沒按門鈴，女傭已經打開大門請我進去，要我等一會兒，史坦小姐馬上就會下來。那時還未到中午，女傭倒了一杯燒酒遞給我，一邊開心地對我眨眼。這無色的酒精飲料在舌頭上感覺不錯，還沒來得及吞下，就聽到有人對史坦小姐說話。我這輩子沒有聽過有人用這樣的語氣對人說話，在任何地方都沒有、絕對沒有。

只聽到史坦小姐不停懇求、哀告的聲音：「不要這樣，寶貝，不要不要，求求妳不要這樣，妳要我做什麼都可以，只求妳別這樣，我求求妳了，不要，寶貝。」

我吞下酒，把杯子放在桌上，往門口走去。女僕對我搖著手指，輕聲說道：「別走，她馬上就來。」

「我一定得走。」我說著離開，儘量不去聽，但對話還在進行，唯有快閃。聽到她的話已經夠尷尬，聽到的回應更不堪。

到了中庭，我對女傭說：「請妳轉告她，我在中庭遇到妳，因為有個朋友病了，所以不能耽擱，代我祝她一路平安，我會寫信給她。」

「好的，先生，真可惜你不能等。」

「是啊，」我說，「真可惜。」

對我來說，這段友誼就此告終，夠可笑的。我仍然會幫點小忙，必要時出現一下，把她想見的人帶去，後來有新朋友加入，開啟另一階段，我和她的大多數男性友人就相繼淡出。看到她把一些毫無價值的畫跟那些偉大畫作掛在一起，實在可悲，但已經不關我的事了。對我來說，無關緊要，她跟幾乎所有喜歡她的朋友都鬧翻了，除了葛理（Juan Gris）[1]，她無法跟他吵，因為他已經死了，即使他還健在，也不見得會在乎。這點，看他的畫就知道了。

後來，她甚至跟新朋友也全吵了架，但我們已經不再關心了。她看起來簡直就像個羅馬皇帝，如果你喜歡你的女人看起來像羅馬皇帝，那就無妨。畢卡索曾經為她畫像，我還記得那時她像義大利北部的農婦。

再後來，每個人——也許不是每個人——又跟她重修舊好，免得大家不自在，我也一樣。然而從那以後，不論從情感或從理智上，我都無法再真正交朋友，不能用理智交朋友更可悲，當然事實要複雜得多。

1 Juan Gris（1887-1927），西班牙畫家。

# 第十四章

# 打上死亡印記的人

## The Man Who Was Marked for Death

我是在龐德的工作室裡認識詩人華爾希（Ernest Walsh）[1]的。那天下午，他身邊還有兩位身著貂皮長大衣的年輕女子。外面街道上停著一輛克萊瑞茲酒店（Claridges）[2]租來、閃閃發亮的豪華轎車，一位穿制服的司機在旁侍候。兩位女子都是金髮碧眼，跟華爾希是同船旅客。輪船前一天才靠岸，他就帶她們來拜訪龐德。

華爾希膚色黝黑、神經質，一看就是不折不扣的愛爾蘭人，有詩人氣質，但看樣子離死期不遠了，就像電影裡注定喪命的角色。他跟龐德說話，我跟兩位女孩聊天，她們問我有沒有讀過華爾希的詩，我說沒有。她們中的一位就拿出一本綠色封面、孟羅（Harriet Monroe）[3]主編的《詩刊》（*Poetry, A Magazine of Verse*），給我看裡面華爾希寫的詩。

「他一首詩稿費一千兩百美元。」她說。

「是每一首。」另一位說。

我記得我的稿酬是一頁十二美元，同一家雜誌，「那他肯定是一個了不得的詩人。」

「他的稿費比蓋斯特（Eddie Guest）[4]多。」第一個女孩告訴我。

「也高過另外一個詩人，他叫什麼來著？你知道的。」

「吉卜齡（Kipling）[5]」她的朋友說。

「沒有人拿過那麼高的稿費。」第一個女孩又說。

「妳們會在巴黎待很久嗎？」我問。

---

1 Ernest Walsh（1895-1926），美國詩人，十七歲得肺結核，自知來日不多，於一九二一年前往巴黎定居。不久家財散盡，債臺高築，是龐德為他償還債務，並引介他進入法國藝文圈。

2 Claridges：座落在香榭里舍大道起點的頂級酒店。建築本身已被劃為古蹟，曾下榻的名人不計其數，如瑪琳・黛德麗（Marlene Dietrich）、皮雅芙（Edith Piaf）、達利（Salvador Dali）、考克多（Jean Côcteau）等。

3 Harriet Monroe（1860-1936），美國詩人、學者、文評家。一九一二年創辦《詩刊》，是現代詩的重要推手。

4 Eddie Allen Guest（或Eddie Guest，1881-1959），英裔美國詩人，有「人民詩人」（People's poet）的美稱。

5 Rudyard Kipling（1865-1936），生於孟買的英國作家，創作了許多有濃厚印度風情的作品，最著名的是《叢林之書》（*The Jungle Book, 1894*），被視為英國十九世紀日不落帝國文學的代表作家。

「噢，不，不會的。我們是跟一群朋友一起來的。」

「你知道，我們都是搭這艘船來的。其實船上根本沒什麼人，當然，華爾希在船上。」

「他不玩牌嗎？」我問。

她用失望但諒解的眼光看著我：「不，他的詩寫得那麼好，他不一定要玩牌。」

「妳們搭什麼船回去？」

「還不一定。要看有什麼船，還要看有沒有其他事。你要回去嗎？」

「不要，我在這兒過得還可以。」

「這兒是比較窮的區，是不是？」

「是的，但是很不錯。工作就上咖啡館，下工就去賽馬場。」

「你就穿這身衣服去賽馬場？」

「不行，這是上咖啡館穿的。」

「還挺好看的。」其中一位說：「我倒很想看看那些咖啡館是什麼樣的，妳呢？親愛的？」

「我也想。」另一個女孩說，我於是把她倆的名字記在通訊錄裡，答應打電話到旅館找她們，是兩個好女孩。我跟她倆還有華爾希、龐德道別，華爾希還在跟龐德談得起勁。

「別忘了。」個子比較高的女孩叮囑。

「怎麼會呢？」我說，又跟她們握手告別。

後來又聽龐德說，有幾位熱愛詩也崇拜垂死詩人的貴婦，把華爾希從克萊瑞茲酒店贖了出來。之後，又過了些時候，聽說有人贊助他與人合編一份新的文學季刊。

那時，泰耶（Scofield Thayer）編的一個美國文學雜誌《日晷》，據說每年頒一千美元的獎金，獎勵傑出的投稿作品。這在當時對任何一個正派作家都是筆大數字，何況還帶來名氣，已有很多人得過，當然都實至名歸。那年頭，一天五塊美金就夠讓兩個人在歐洲過得不錯，還可以去旅行。

據說，華爾希與人合編的這個季刊，要在出版四期後提供一筆相當可觀的獎金，給評為最佳的作品。

這個消息是謠傳流言還是有人私下放話，我不清楚，姑且相信它在各方面都公正公開，至少沒人能對華爾希作為共同編輯這件事有意見。

在我聽說這個獎不久之後，華爾希請我吃飯，在聖米榭大道這一帶最好、最貴的餐廳。先上來一盤扁平、略呈銅色的馬安納（Marenne）生蠔（而不是那種常見的、便宜的深殼葡萄牙生蠔），配一瓶普伊－富塞（Pouilly-Fuissé）白酒。他隨即技巧地把話題帶到文學獎上，像是要誘騙我——就像他把船上那兩個騙子引誘出來（如果她們是騙子，而且他的確想引誘她們的話）。他問我要不要再來一打扁平生蠔，我欣然接受。他沒有擺出一付死期將近的樣子，這讓我鬆了口氣，他知道我知道他病重，不是那種可以輕忽，而是能致命的那種不治之症。他沒有故意在餐桌上咳嗽，對這點我很感激。我在想他之所以吃扁生蠔是否就像堪薩斯妓女，自知重病纏身，死期已近，便把精液當成了仙丹靈藥？不過，我沒有問他，開始吃第二打扁生蠔，把牠們從銀盤上的一層碎冰上拿起，擠上幾滴檸檬汁，看著細緻無比的褐色唇邊隨之蠕動收縮，這才放入口中細細咀嚼。

「龐德是一個非常、非常偉大的詩人。」華爾希說，用他黑色的詩人眼睛看著我。

「是啊。」我說，「而且是個好人。」

「高貴，」華爾希說，「真正的高貴。」我們不說話，專心吃喝，以安靜向龐德致敬。我很想念龐德，真希望他也在這裡，他也吃不起馬安納生蠔。

「喬艾斯很了不起。」華爾希說，「非常、非常了不起。」

「了不起，」我說，「而且是個好朋友。」我們結下友誼是在他剛完成《尤利西斯》（*Ulysses*）的那段創作力旺盛時期，隨後展開的一段很長時間被稱為「醞釀期」。思念喬艾斯，想起許多往事。

「我希望他的眼睛好些了。[6]」華爾希說。

「也希望他境況好轉。」我說。

「這是我們這個時代的悲劇。」華爾希對我說。

「每個人難免都有些病。」我說，想使午餐氣氛愉快些。

「你就沒有。」他給我他最迷人的笑容，他自己卻走向死亡。

「你是說，我身上沒有死亡的印記？」我忍不住問。

「沒有。你有的，是生命。」他特別強調「生命」這個字。

「時間會證明吧。」我說。

他想要一份三分熟的牛排，於是我點了兩份菲力牛排，配奶油蛋黃醬，我想奶油應該對他有好處。

「要不要來瓶紅酒？」他問，侍酒師過來，我點了一瓶教皇宮紅酒（Châteauneuf-du-Pape）[7]，反正喝多了可以沿河岸散步消酒。他可以去睡覺或做其他想做的事，或許我也可以找個地方睡一覺。

等我們吃完牛排和炸薯條，教皇宮紅葡萄酒也喝了三分之二瓶（這不是午餐酒），他才進入正題。

「我就不拐彎抹角了，」他說，「你知道你會得那個獎的，是吧？」

「我？」我問，「為什麼？」

「你會得獎的。」他說。他開始談我的作品，我聽不下去了，我最怕別人當我的面談我的作品。我看著他和他打上死亡印記的臉，心裡想：你這個騙子居然用你的肺病來唬我，我可是見過一整個營的士兵全倒在大路的塵土中，其中三分之一會死得很慘，但他們身上並沒有什麼特別的印記，一切歸於塵土。你和你死期將近的樣子，你這個騙子，靠你的死亡營生，現在又要來騙我。騙人者，人恆騙之。死亡不會騙你，它正迎面而來。

6 喬艾斯自幼為眼疾所苦，曾動過十二次手術，未見好轉，近乎全瞎。
7 教皇宮紅酒（Châteauneuf-du-Pape）法國南部隆河谷（Rhône）最有名的紅葡萄酒。

「我覺得我沒資格得獎，恩內斯特，」我說，故意用我自己很討厭的名字稱呼他，「何況，恩內斯特，這樣做違反職業倫理，恩內斯特。」

「好奇怪，我們倆竟然同名？」

「是啊，恩內斯特，」我說：「我們可不能辜負了這個好名字，你明白我的意思吧，恩內斯特？」

「明白，恩內斯特。」他說，並報我以憂鬱的、愛爾蘭式的充分理解，還有他的迷人風采。

因此，我一直對他很好，也照顧他的雜誌，當他因肺出血離開巴黎時，他要我幫他盯著雜誌的印刷工人，他們不懂英文，我照他的囑咐做了。他出血的時候，我曾見過，那正是肺病的徵候。我知道他活不長，當時我自己處境困窘，但我很高興能盡心照顧他，也高興稱他「恩內斯特」。此外，我也喜歡、敬重與他合編雜誌的女編輯。她並沒有承諾給我什麼獎。她只是想打造一本好雜誌，並且能給投稿人較好的稿酬。

很久以後的一天，我在聖傑曼大道上遇到喬艾斯，他剛去看了下午場的表演。雖然他眼睛看不見，但是他喜歡聽演員演戲。他邀我喝一杯，我們就進了雙叟咖啡館，點了不甜的雪莉酒，雖然大家都說他只喝瑞士白酒。

「華爾希怎麼樣？」喬艾斯問。

「有的人活著和死了都一樣。」我說。

「他是不是答應要給你那個獎？」喬艾斯問。

「是的。」

「不出我所料。」

「他也答應給你？」

「是的。」喬艾斯說，過了一會兒，他又問：「你想他會不會也答應給龐德？」

「不知道。」

「最好別問他。」喬艾斯說，就此擱下不提。我告訴喬艾斯我在龐德工作室第一次遇見華爾希的場景，那時他身邊還有兩位穿貂皮長大衣的女子，他聽得興致昂然。

第十五章

# 謝普曼在「丁香園」

Even Shipman at the Lilas

自從發現了希微亞的圖書館，我開始大量閱讀：屠格涅夫全部作品、果戈里（Gogol）已出版的英譯本，還有嘉耐特譯的托爾斯泰和契柯夫英譯本。我們來巴黎以前在多倫多時，就聽說曼殊斐兒[1]是一個很好、甚至偉大的短篇小說家，但與契柯夫相較，她的作品就像是一個年輕老小姐精心編造出來的故事，而讀契柯夫，則像面對一位學問淵博、表達精準的醫生，而他同時也是一個言辭簡約的好作家。曼殊斐兒的作品有點像次級啤酒，那還不如喝白水，而契柯夫絕不是白水（除了水的清澈），他有些故事很像新聞報導，但也有些非常精彩的作品。

杜斯妥也夫斯基的作品裡有些可信卻不能信的東西，有時候又真實得讓你不得不信。脆弱又瘋狂、邪惡又聖潔。他筆下瘋狂的賭博就像屠格涅夫寫的風景與道路，像托爾斯泰書中軍隊的調動、戰地布置，還有軍官、百姓的激戰，讀過托爾斯泰，克萊恩（Stephen Crane）對南北戰爭的描寫就像一個病態小男孩的狂想。他對戰爭的印象都來自報導或布萊迪（Brady）的攝影，這些我在祖父家也見過。除了托爾斯泰，我只有在斯湯達爾的《帕爾曼修道院》（*Chartreuse de Parme*）[2]看到真正的戰爭，書中對滑鐵盧之役的描寫非常生動，但這不是書中重點，這部作品很多地方非常沉悶。在巴黎這個城裡，不管你多窮，都能活得很好，都能工作，有時間讀書。走入一個文學新天地，就像得到一個巨大的寶藏，你還可以帶著它旅行。從住在瑞士和義大利的山上到發現奧地利弗拉伯（Vorarberg）山谷裡的席倫斯（Schruns），我們身邊總帶著書，可以一直活在這個新世界裡。白天屬於雪花、森林、冰河和其他嚴冬難題，還有你們投宿的「飛鴿旅舍」（Hotel Taube），夜晚，你進入俄國作家帶給你的另外一個奇妙世界。起初只有俄國作家，很長一段時間，只有俄國作

1 曼殊斐兒（Katherine Mansfield, 1888-1923），英國女詩人。這美麗的譯名出自詩人徐志摩，他留英期間（1920-1922）曾經朋友引薦至曼殊菲兒寓所拜訪，對她的美極盡仰慕。曾撰文紀念「那二十分鐘不死的時間」。半年後，女詩人因肺病過世，徐志摩又寫「哀曼殊菲兒」悼念。

2 斯湯達爾（Stendhal, 1783-1842），法國十九世紀傑出小說家。《帕爾曼修道院》是以滑鐵盧戰役為背景的愛情小說，書中對此戰役的描寫是寫實主義的經典篇章。

家，後來應有盡有。

有一次我和龐德從阿拉戈大道（Bd. Arago）的網球場走回家，他邀我到他的工作室喝一杯，我問他對杜斯妥也夫斯基的看法。

「跟你說實話，海，」龐德說，「我從來沒讀過俄國佬的東西。」回答直截了當。龐德向來對我很坦率，但我覺得很不是滋味，因為他是我最喜歡、最信賴的評論家，他相信「精準字眼」——唯一、無可替換的字眼——他教我不要依賴形容詞，就像後來我學會不要信賴某些場合中的某些人。我想聽他的意見——一個從不使用精準字眼，卻能使他的人物躍然紙上。沒有人有他這個本事。

「先讀法國作品吧，」龐德說，「那就夠你學的了。」

「我知道，」我說，「在每個地方我都有很多東西可學。」

後來，走出龐德的工作室沿街走到鋸木廠，街道兩側是高高的樓房，街的盡頭是光禿禿的樹木，再後面寬敞聖米榭大道的對面是布利葉舞廳（Bal

Bullier）的正門。我推開鋸木廠的大門，經過剛鋸完的木柴堆，把球拍掛在通往頂樓的樓梯旁架子上，往樓上喊了一聲，但無人回應。

「太太出門了，女傭和孩子也一起去了。」鋸木廠老闆娘告訴我。她是個很難纏的女人，身形臃腫，頭髮枯黃。我向她道了謝。

「有個小夥子來找過你。」她說，用「小夥子」而不稱「先生」，「他說在『「丁香園」』等你。」

「多謝，」我說，「如果太太回來，麻煩妳告訴她我在『「丁香園」』。」

「她跟幾個朋友一道。」老闆娘說，一邊提起她紫色的晨袍，踩著高跟鞋進入她的管轄區，但沒關上門。

我沿街走下去，兩旁是白牆斑駁的高房子，隨即右轉進入一個開闊、陽光普照的街口，這就來到暮色中光影交錯的「丁香園」。

裡面沒有我認識的人，於是我走到露天咖啡座，看見謝普曼（Evan

Shipman）在等我。他是個優秀詩人，也懂馬、喜歡馬，他寫作也繪畫。這時他站起身來。我發現他又高又瘦而且蒼白，白襯衫是髒的，領子也破了，領帶打得規規矩矩，灰色外套又舊又皺，手指比頭髮還黑，指甲也很髒，臉上展露著可愛、怯懦的笑容，卻緊閉著嘴，以免露出一口壞牙。

「真高興見到你，海。」他說。

「你好嗎？伊凡。」我問。

「不是很好，」他說。「不過我以《馬采巴》（*Mazeppa*）[3]為題材寫了一首詩。你這一向好嗎？」

「還不錯，」我說，「你來找我時，我跟龐德打網球去了。」

「龐德好嗎？」

「非常好。」

「我很高興，海，我覺得你住處那位老闆娘不喜歡我，她不讓我上樓等你。」

「我會跟她講。」我說。

「不用，我可以在這裡等你，現在坐在陽光下真舒服，是吧？」

「已經入秋了，」我說，「我看你穿得不太夠吧。」

「只有晚上冷一點，」伊凡說，「我可以穿外套。」

「你知道外套在哪兒嗎？」

「不知道，在個安全的地方。」

「你怎麼知道？」

「因為我把那首詩放在裡面了。」他開心地笑起來，仍然緊抿著嘴，不露牙齒。「請你陪我喝杯威士忌吧，海。」

「好啊。」

「尚恩，」伊凡站起來叫服務生，「請來兩杯威士忌。」

3 Mazeppa：東歐傳奇故事，拜倫，雨果都曾以此題材創作。

尚恩送來酒瓶、酒杯、兩只小碟子和吸管。他沒有用量杯，直接將威士忌倒了超過四分之三杯。尚恩很喜歡伊凡，在他休假的日子，伊凡就會到他在奧爾良城門（Port d'Orléans）外的蒙烏基（Montrouge），幫他打理花園。

「你也倒太多了吧。」伊凡對高個兒的老服務生說。

「兩杯威士忌，不是嗎？」服務生問。

我們攙了些水，伊凡說：「第一口要細細品嚐，海。小心點喝，夠我們喝上一陣子。」

「你有沒有好好照顧自己啊？」我問。

「有啊，真的，海，我們談點別的，如何？」

露天咖啡座上沒有別人，喝了威士忌我倆都暖和起來，只是我穿的秋衣比伊凡多，裡面有棉毛衫，襯衫外面還套了一件法國水手式藍色羊毛衣。

「我一直在思考杜斯妥也夫斯基的問題，」我說：「一個文筆如此拙劣，拙劣得令人難以置信的作家，為什麼能如此深刻地觸動人心？」

「這不是翻譯的問題。」伊凡說，「因為她譯的托爾斯泰文字就非常好。」

「是啊，之前我一直讀不下《戰爭與和平》，直到有了嘉耐特的譯本。」

「據說還可以改進，」伊凡說，「我相信可以，雖然我不通俄文，我們都看過不同的譯本，終究是一本了不得的小說，甚至可以說是最偉大的作品，可以一讀再讀。」

「是的，」我說，「但是杜斯妥也夫斯基的東西就是無法一讀再讀，有一次，我帶著《罪與罰》（*Crime and Punishment*）去旅行，在席倫斯沒書可讀了，也沒辦法重讀《罪與罰》，只好看奧地利報紙，學學德文，直到後來有了陶希尼茲（Tauchnitz）[4]版的特洛普（Trollope）[5]譯本。」

「上帝保佑陶希尼茲。」伊凡說。威士忌已經不再火辣，攙了水，只覺得

4 Tauchnitz，德國出版世家，在歐洲大陸出版英文作品。

5 Anthony Trollope（1815-28），英國維多利亞時代最傑出小說家之一。

酒勁太兇。

「杜斯妥也夫斯基是個廢物，海。」伊凡繼續說道，「他最擅長寫廢物和聖人，他塑造的聖人特別動人，真可惜第二遍就讀不下去。」

「我想再讀一遍《卡拉馬助夫兄弟》，可能是我不夠用心。」

「你可以挑一部分重看，大部分都可以，但是看著看著你就會生氣，再偉大也沒辦法。」

「嗯，我們能夠讀第一遍就已經很幸運了，也許將來會有更好的譯本。」

「不要期望太高，海。」

「不會，我打算不要太刻意，隨興地讀，這樣愈讀就愈想讀。」

「好，我用尚恩的威士忌支持你。」伊凡說。

「他這樣會惹麻煩的。」我說。

「他已經有麻煩了。」伊凡說。

「怎麼會？」

「經營班子要換了，」伊凡說，「新老闆希望吸引更願意花錢的顧客，還準備弄個美式酒吧呢。服務生要穿上白色外套，還要剃掉鬍子。」

「他們不會要求安德烈和尚恩也這樣吧？」

「照道理不應該，但是他們就會這樣。」

「尚恩的鬍子從年輕留到現在，是龍騎兵[6]的鬍子，他曾在騎兵團服役。」

「現在他非剃不可了。」

我喝盡最後一口威士忌。

「再來一杯，先生？」尚恩問，「謝普曼先生，你也來一杯？」他濃密下垂的鬍鬚與瘦削、善良的臉龐渾為一體，發亮的禿頂上有幾綹稀疏光滑的頭髮。

6 簡稱「龍兵」，是同時接受馬術和步兵訓練的士兵。

「別再倒了，尚恩，」我說，「不要心存僥倖。」

「沒有僥倖。」他輕聲對我們說，「只有一團混亂，很多人要離職了。」

他接著大聲說：「好的，先生。」走進店裡，端出一瓶威士忌，兩只大酒杯，兩只鑲金邊小碟和一瓶德國礦泉水。

「別倒，尚恩。」我說。

他把酒杯放在碟子上，倒了幾乎滿滿兩杯威士忌，剩下的酒帶回，伊凡和我都在酒杯裡加了點礦泉水。

「幸好杜斯妥也夫斯基不認識尚恩，」伊凡說，「否則可能醉死酒鄉。」

「這兩杯酒怎麼辦？」

「喝了吧，」伊凡說，「當作一種抗議，以直接的行動抗議。」

週一早晨我進「丁香園」工作時，安德烈給我端來一碗牛肉湯。他個子很小，金髮碧眼。原來粗短濃密的鬍子剃了，嘴唇上像神父般光溜，身上穿一件美國酒保的白外套。

「尚恩呢？」

「他明天才會來。」

「他還好吧？」

「他需要點時間適應。從大戰開始，他就加入重騎兵隊，還得過十字勳章和軍功獎章。」

「我不知道他傷得那麼嚴重。」

「不是的，他是受過傷，但他得的軍功獎章不是因為受傷，而是獎勵他的英勇。」

「請告訴他，我來看過他。」

「一定，」安德烈說，「我希望他很快就適應。」

「也請代謝普曼先生問候他。」

「謝普曼現在就在他那兒，」安德烈說，「他們一起打理花園呢。」

第十六章

# 邪惡的使者

## An Agent of Evil

龐德搬離聖母廣場街，遷往拉帕羅[1]，臨走前跟我說的最後一句話是：

「你幫我保管這瓶鴉片，在鄧寧非要不可的時候才能給他。」

那是一只裝冷霜的大罐子，擰開蓋子，裡面的東西又黑又黏稠，味道像生鴉片。龐德說，他是在義大利大道附近歌劇院路（Avenue de l’Opéra）跟一個印地安酋長買來的，價格不菲。我猜想交易地點應該是「牆洞」（Hole in the wall）酒吧，位於義大利街，是一次大戰逃兵和戰後毒梟聚集之處。這間紅漆大門的酒吧很狹窄，比一個廊道寬不了多少。有段時間，酒吧有個後門通往巴黎下水道，據說能直達地下墓穴（Catacombes）[2]。鄧寧的全名是雷夫．奇弗．鄧寧（Ralph Cheever Dunning），一個抽鴉片忘了吃飯的詩人。抽得太兇的時候就只能喝牛奶。他會寫三行詩體[3]，很得龐德的喜愛，對他的詩品也評價甚高。他的住處和龐德的工作室在同一個院子，龐德離開巴黎前幾週，鄧寧一度生命垂危，曾找我去幫忙。

「鄧寧病危，」龐德寫道，「請速來。」

鄧寧躺在塌上，活像具骷髏，他的確有可能因營養不良而喪命，但我告訴龐德，他言詞優雅，不像快死的人，我還從未見過一個垂危之人還能口吟三行詩，我想但丁本人恐怕都無此能耐。龐德說鄧寧不是吟詩，我說想必是他喚我時，我還在睡夢之中，誤以為聽到三行詩了。陪著鄧寧熬過垂危待死的一夜，終於將他託付給一位醫生，之後被送往一家私人診所戒毒。龐德負擔醫藥費，還不知從哪兒找來些詩迷，照顧鄧寧。我只負責在真正緊要關頭提供鴉片，這是龐德交付的神聖任務，我但願不負所託，能判斷什麼是真正緊要關頭。那一刻終於來了，一個星期天早晨，我正在屋裡研究賽馬日程，龐德的門房來到我們鋸木廠的院子，對著我敞開的窗口大喊：「鄧寧先生爬上了屋頂，堅決不肯

1 拉帕羅（Rapallo）：義大利熱那亞省的一個小鎮。

2 Catacombes：巴黎著名的地下藏骨堂，原為地下採石場，一七八六年，巴黎爆發瘟疫，為了解決基地不足和公共衛生問題，乃將市區所有公墓的屍骨轉移至此，一直使用到一八一四年，估計有六百萬具遺體，現已闢為博物館，部分開放參觀。

3 Terza riruce：源自義大利但丁《神曲》的一種三行體詩。

下來！」

「鄧寧上了工作室的屋頂，堅決不肯下來」，這應該屬於真正緊急狀況，我於是找出鴉片罐子，跟著門房上了街，門房是個小個頭、神經質的女人，眼前的局面讓她十分慌張。

「先生帶了必要的東西吧？」她問。

「都帶足了。」我說。「沒有問題的。」

「龐德先生想得很周到，」她說，「他簡直就是慈善的化身。」

「是啊，」我說，「我每天都想他。」

「但願鄧寧先生冷靜下來。」

「我有治他的東西。」我向他保證。

我們剛進到工作室的院子，門房就說，「他已經下來了。」

「他一定是知道我來了。」我說。

我爬上鄧寧住處的戶外樓梯，敲了敲門，他來開了門，形容憔悴，個子高得出奇。

「龐德要我把這個帶給你，」我說，一邊把罐子遞給他。「他說你知道裡面是什麼。」

他接過罐子，看了一下，就朝我擲過來，砸在我的胸膛（或許是肩膀）上，然後一路滾下樓梯。

「你這狗娘養的，」他說，「你這混蛋！」

「龐德說你也許用得著。」我說，他又丟過來一支奶瓶作為答覆。

「你確定不要嗎？」我問。

他又丟來一支奶瓶，我只好走了，丟來的另一支奶瓶打在我背上，他這才關了門。

我撿起罐子，有些微裂痕，放回口袋裡。

「他好像不想要龐德先生的禮物。」我對門房說。

「他現在也許會安靜些。」她說。

「也許他自己還私藏了一些。」我說。

「可憐的鄧寧先生。」她說。

龐德號召來的那批詩迷又趕來幫忙，我和門房的介入沒起任何作用，我把那支據說裝有鴉片的破罐子用蠟紙包好，仔細地塞入一隻舊馬靴裡。幾年後，謝普曼幫我把衣物從公寓中搬出時，那馬靴還在，但罐子卻不見了。我不知道鄧寧為什麼對我擲奶瓶，也許他還記得他第一次病危那晚，我對他的病情有所懷疑，也許只是天生不喜歡我的個性。但我還記得「鄧寧先生上了屋頂，堅決不肯下來」這句話逗得謝普曼大樂，他覺得這句話具有象徵意義，我是看不出來，也許鄧寧把我當成邪惡使者或臥底警察。我只知道龐德對鄧寧很好，就像他善待所有人，我也希望鄧寧的詩確實像龐德相信的那麼好。別看鄧寧這詩人，奶瓶可擲得真準，而龐德這了不起的詩人，網球技術也了得。至於謝普曼，他也是位傑出詩人，卻不在意他的詩是否能出版，他認為這個謎還是不解的好。

「我們的生活裡需要更多的謎，海，」他有次對我說，「我們此時最需要的，就是毫無野心的作家和真正優秀而未出版的詩作，當然，也要顧及維持生計的問題。」

第十七章

# 史考特・費滋傑羅

Scott Fitzgerald

他的才氣有如塵埃留在蝴蝶翅膀上的圖案，渾然天成。有段時期他跟蝴蝶一樣懵懂無知，當圖案被拭或損毀，也毫不自覺。後來他意識到翅膀受傷和羽翼的構造，他學會了思考，卻不能再飛翔，因為飛行的熱情已然冷卻，只能緬懷那毫不費力、自在飛翔的日子。

第一次遇見史考特・費滋傑羅的時候，發生了很多詭異的事。跟他在一起，怪事特別多，但這一件我永遠忘不了。那天，我正跟些無聊角色坐在德龍柏街的「澳洲犬」（Dingo）酒吧裡，他走進來，自我介紹並且介紹一位同行的高個子、很體面的男士，名叫鄧克・查普林（Dunc Chaplin），是大名鼎鼎的棒球投手，我沒看普林斯頓的棒球賽，也就沒聽過這個名字，但他是個極其友善、開朗自在又隨和的人，我喜歡他勝過史考特。

那時候史考特還帶點孩子氣，臉龐是一種秀氣的英俊，一頭金色捲髮、高額頭，一對好奇、和善的眼睛，還有細緻、愛爾蘭人的薄唇，這唇若是長在女孩臉上，那絕對是美女的唇。他的下頷很有型，耳朵端正，還有個俊俏幾乎完美的鼻子，這還不足以成就一張美麗的臉，他的俊更來自他的氣色、姣好的頭髮和他的嘴，這嘴在你還不認得他的時候，難以捉摸，等你熟識他之後，就更讓你捉摸不定。

我很好奇想見他，而且努力工作了一整天，現在史考特和偉大的查普林都出現在我面前，雖然我從未聽過查普林的大名，現在也成了朋友，這一切似乎非常美好。史考特一直說個不停，誇讚我的作品有多棒，讓我十分不自在。我專心端詳史考特，寧願看，不想聽。我們那時老派的想法是，面對面的稱讚等同公開的羞辱。史考特點了一瓶香檳酒，跟我、查普林和無聊的角色們一塊兒喝。我想查普林和我都沒有留心聽他演講，他獨自講得起勁，我默默觀察。他身材輕盈，健康狀況不是很好，臉孔略顯浮腫，一身布魯克斯兄弟牌（Brooks Brothers）[1]西裝，很合身，裡面是按扣領的白襯衫，繫一條皇家禁衛軍領帶，我想我應該告訴他這領帶不妥，因為巴黎有英國人，而且也可能到「澳洲犬」酒吧來——此刻就有兩個——隨即又想，這不關我的事，我繼續觀察他，後來才曉得，他那條領帶是在羅馬買的。

光是觀察，沒有什麼新發現，只注意到他有一雙修長、靈巧的手，掌心不小，當他坐上酒吧的圓凳，這就發現他的腿很短，如果正常尺寸，他應該再高兩英吋。我們喝完第一瓶香檳酒，又開了第二瓶，這時他的演講也開始有氣無力了。

幾杯香檳下肚，我和查普林愈覺舒暢，更好的是，演講也接近尾聲，之前我以為只有我和太太還有些熟朋友私下認為我是個傑出作家，現在史考特對我可能的成就也有相同結論，著實令我欣喜，不過，我還是很高興他的演講快結束了。未料，演講剛結束，他就開始提問，你可以觀察他，不聽演講，但是問題卻躲不掉，後來我發現，他相信小說家可以經由直接詢問朋友和熟人來獲取素材，他的審訊直截了當：

「恩內斯特，」他說，「你不介意我叫你恩內斯特吧？」

「你問敦克。」我說。

「別鬧，這可是正經事。告訴我，你和你太太結婚之前上過床嗎？」

「不知道。」

1 布魯克斯兄弟牌（Brooks Brothers）：創立於一八一八年的美國著名服飾品牌。

「不知道是什麼意思？」

「不記得了。」

「這麼重要的事怎麼可能忘記？」

「不知道，」我說，「是有點怪，是吧？」

「比怪還糟，」他說，「你一定能想起來的。」

「很抱歉，真是遺憾，是吧？」

「不要學英國水手的腔調，」他說，「正經點，認真想想。」

「沒法子，」我說，「毫無希望。」

「你可以認認真真，好好想一想。」

語氣愈來愈緊迫了，我心裡想，不知道他是否對每個人都如此，應該不至於，因為我看到他邊說邊冒汗，一滴滴細微的汗珠從他細長、完美的愛爾蘭上唇沁出來，那時我的視線移開他的臉，正在觀察他坐在圓凳上雙腿的長度，現在當我再把視線移到他的臉上，詭異的事發生了。

只見他坐在酒吧前，手持香檳酒杯，臉部的皮膚突然不斷抽緊，先前的浮腫完全消失了，但臉皮還繼續收縮，像一具死人的頭顱。眼睛下陷、目光如死人一般，嘴唇緊閉毫無血色，臉色猶如燃盡的蠟燭。這可不是我憑空想像，我眼睜睜看著他的臉變成一具人屍，一個死亡的面具。

「史考特，」我說：「你還好吧？」

他沒有回答，他的臉繃得更緊了。

「我們最好把他送急診。」我跟查普林說。

「不用，他沒事的。」

「他看起來就要斷氣了。」

「不會，他一喝酒就會這樣。」

我把他送上計程車，非常心焦，查普林卻說他沒問題，不用擔心。「等他到家時大概就好了。」

他應該是好了，因為幾天以後我在「丁香園」遇見他，向他表達歉意，那天的酒吧把他搞慘了，可能是我們說話時，酒喝得太猛了。

「你說抱歉是什麼意思？什麼東西把我搞慘了？你胡扯些什麼，恩內斯特？」

「我是說那晚在『澳洲犬』的事。」

「我在『澳洲犬』沒什麼問題，我只是無法忍受你帶來的那幾個十足混帳的英國佬，所以先回家了。」

「你在那裡的時候，沒有英國人，只有一個酒保。」

「別故弄玄虛了，你知道我指的是哪些人。」

「噢，」我說，或許他後來又回「澳洲犬」酒吧，要不他說的是另一次，不對，我記得當時有兩個英國人，事實如此，也記得是些什麼人，他們確實在場。

「是的，」我說，「沒錯。」

「那個冒充貴族的女孩，魯莽得很，還有跟她在一起的愚蠢酒鬼，他們說是你的朋友。」

「是我的朋友，那女孩有時候的確魯莽。」

「對吧，不要因為喝了幾杯酒，就故弄玄虛。你幹嘛要故弄玄虛？我以為你不會幹這種事。」

「我不知道。」我想轉換話題，忽然想到一件事，就問：「她們是因為你的領帶才魯莽無禮的嗎？」

「為什麼要對我的領帶無禮？我繫的是一條普通針織黑領帶，配一件白色馬球襯衫。」

我只好認輸了。他問我為什麼喜歡這家咖啡館，我告訴他這裡的往日舊事，他也開始喜歡了，於是我們就這樣坐著。我喜歡，他也開始喜歡。他問了許多問題，還告訴我好些關於作家、出版商、經紀人、評論家的事，還讀到洛里默（George Horace Lorimer）[2]又提及成功作家的經濟狀況和八卦新聞。他嘻笑怒罵、逗趣、迷人而且討人喜歡，雖然我一向對討人喜歡的人心存提防，也不能抗拒。他對以前寫的東西不屑一顧，但並不嫌惡，想來他的新書一定很好，才能不帶嫌惡地談舊作的缺點，他要我讀他的新書《大亨小傳》（*The Great Gatsby*），只是他最後也唯一的一本被人借去，他會儘快把它要回來給我看。聽他談這本書，你絕不會知道它有多好，但從他的靦腆可以看得出來，所有謙虛的作家在寫出了好作品時都會露出這種靦腆。我盼望他快點把書要回來，讓我一睹為快。

費滋傑羅跟我說，柏金斯（Maxwell Perkins）[3]告訴他，這本書銷路不好，但得到書評的推崇。我不記得是那一天還是很久以後，他給我看了一篇賽爾德（Gilbert Seldes）[4]的好評，簡直把他捧得不能再高了，若要再高，除非把賽爾德抬得更高。費滋傑羅不能理解為何他的書賣不出去，他很是傷心，不過，正如我所說的，他並不嫌棄他的作品，對於這本書的優點雖羞於啟齒，卻是歡喜的。

那天我們就這樣坐在「丁香園」的露天咖啡座，看著暮色降臨，行人道上路人走過。夜晚的灰色光線漸暗，我們喝下兩杯威士忌蘇打，但並沒有在他身上發生任何化學變化，我很仔細地觀察，什麼事都沒發生。他沒有問些不知羞恥的問題，沒有做令人尷尬的事，也沒有發表演講，完全像個聰明又風采迷人的正常人。

他告訴我，因為天氣太壞，他和太太賽爾妲（Zelda）被迫將他們的雷諾

---

2 George Horace Lorimer（1867-1937），美國記者、作家和出版商，在一八九九-一九三六年間，主編《星期六晚郵》（*The Saturday Evening Post*），發掘了許多重要作家，如傑克倫敦（Jack London）等。

3 Maxwell Perkins（1884-1947），美國著名編輯，致力於發掘年輕作家，一九一九年簽下史考特，幫他修改完成他的第一部作品《人間天堂》（*This Side of Paradise*），兩人成為終身好友，經由史考特的引介，他認識了海明威，並出版他的第一部作品《太陽依舊升起》（*The Sun also Rise*），飽受攻擊，第二部《戰地春夢》（*A Farewell to Arms*）的暢銷證明他的出版眼光。

4 Gilbert Seldes（1893-1970），美國作家也是位有影響力的文化批評家，將大眾文化，如歌舞劇、爵士、電影、漫畫都納入評論範圍。

小汽車留在里昂。他問我是否願意跟他一起搭火車到里昂，把車子開回巴黎。他們夫婦在星形廣場（Place de l'Étoile）附近的提爾西特街（rue de Tilsit）十四號租了一間帶家具的公寓。時值暮春，正是鄉間景色最美的時候，這趟旅程一定非常愉快。史考特看起來很善良，而且通情達理，那天喝了兩杯札札實實的威士忌，也沒出什麼事。他的迷人風采和良好表現讓那晚在「澳洲犬」酒吧的事猶如一場惡夢，所以我表示很樂意跟他一起去里昂，還問他打算何時動身。

我們約好第二天碰面，搭早晨出發的快車去里昂，這班車時間合適而且速度也快，中途只停一站，我記得是第戎（Dijon）。我們計畫到了里昂，把車子送去檢修，然後吃一頓大餐，第二天一早開回巴黎。

我對這趟旅行非常興奮，能與一位年長而且成功的作家為伴，一路交談，一定受益良多。把史考特當成老作家有點奇怪，但當時我還沒讀過《大亨小傳》，所以把他想成一個年紀很大的作家，我以為他三年前就為《星期六晚郵報》寫了些不錯的作品，但我從沒有把他當成嚴肅作家。他在「丁香園」曾告訴我他如何寫他認為不錯的短篇故事——對《華郵》的確是好作品——而後又如何將之改頭換面，成為雜誌會採用的稿子。我對這種作法大大不以為然，我認為這等於賣淫，他也同意，但他說非這樣做不可，從雜誌賺了稿費，才能致力寫出真正的好作品。我認為，寫作的人只有努力寫出最好的作品，才不會糟蹋自己的天分。他說，他是先寫出真實的好故事，之後的改造、修正就不會造成傷害。我不相信這一套，我想說服他。但必須有一部小說來支持我的想法，而我還沒寫出這樣的小說。我已經開始全盤改變寫作方法，避免便宜行事，以塑造代替描述，寫作就變得很有樂趣。不過，這並不容易，我還不知道我是否有能耐寫出一部長篇小說，通常，寫一個段落就要耗去我一個上午的功夫。

我太太海德莉很贊成我去旅行，雖然她對看過的史考特作品，評價不高。她心目中的好作家是亨利．詹姆斯。但她認為我放下工作，稍作休息出門旅行是件好事。其實我們都盼望有錢買部車自己去旅行，但我實在不知道這個願望如何能實現。我的第一部小說秋天將在美國出版，我已經領到柏尼和李夫茉特（Boni and Liverlight）出版公司預付的兩百美元版稅，另外也賣了幾個短篇給《法蘭克福日報》（*Frankfurter Zeitung*）、柏林的《綜觀》雜誌、巴黎的《這一季》（*This Quarter*）和《跨大西洋評論》。我們省吃簡用，除非必要，分文不花，把錢存下來，準備七月去馬德里，再去潘普羅納（Pamplona）[5]和瓦倫西亞（Valencia）的狂歡節。

約好從里昂火車站出發的那天早晨，我早早就到了車站，在入口外等候史考特，火車票在他那裡。等到火車快開了，他人還沒到，我只好買了張月台票，沿著火車找他，但都不見他的人影。等到長列的火車要啟動了，我跳上火車，到一節節車廂中尋他，想是他已上車。這列火車很長，遍尋不著，我向列車長說明情況，買了一張二等車票——沒有三等車廂——並且向他打聽到里昂最好的旅館。現在唯一的辦法就是從第戎打電報給史考特，告訴他我在里昂下塌旅館的地址。他在出門前是接不到電報了，但他太太應該會收到，可以打電報通知他，我還從不曾聽說一個成年人會誤了火車，但這趟旅行著實讓我長了見識。

那時期，我的脾氣火爆易怒，但火車一過蒙特羅（Montereau），怒氣已消，有心情觀賞鄉間景色了。中午我在餐車中吃了一頓可口午餐，配一瓶聖泰米利翁（Saint-Emilion）紅酒，心裡想，這趟旅行原是別人出錢邀請，現在卻把我省下預備去西班牙的旅費給花掉了，真是夠愚蠢，就算是學個教訓吧。我還從來沒有接受過別人付錢的旅行，通常是各付各的。這趟旅行我也堅持旅館和餐飲費均攤，但現在我連費滋傑羅是否會露面都不敢說。我生氣的時候就不叫他史考特，而叫費滋傑羅，後來我很高興能把怒氣從一開始就發洩出來，也就沒事了。這趟旅行對一個易怒的人可真不好消受。

到了里昂，我得知史考特已經離開巴黎來了里昂，但他沒有交代他在里昂

5 Pamplona：西班牙北部納瓦拉自治區首府，每年七月的聖費爾明節（Saint Fermin），以激情和狂野聞名全球。

的住處，我又把我在里昂的地址告訴女傭，她答應若史考特打電話回去會轉告。還說，太太身體不適，尚未起床。我打遍里昂各大旅館，並且留言，但仍找不到史考特，只好先去咖啡館，喝杯飯前酒，順便看看報紙。在咖啡館裡我遇到一個以表演吞火維生的人，他還會用大拇指和食指夾著一枚硬幣，在沒牙的嘴裡咬彎，他的牙床發腫但看起來很結實。他說吞火這個行業還不壞，我請他一起喝一杯，他很高興。他有一張細緻黝黑的臉龐，在噴火時，臉上散放著光彩。他說在里昂吞火或用手指、牙床的表演都不能掙錢，因為有些冒牌貨把這行業搞垮了，而且在其他可以表演的地方，還繼續敗壞這個行業。他說，他已經表演了一個晚上，還沒有足夠的錢吃東西，我請他再喝一杯，把嘴裡的汽油味清一清，並且向他打聽是否有便宜的好餐廳，我請他共進晚餐，他說他知道一家非常好的飯館。

我們去了一家阿爾及利亞餐廳，很便宜，食物和阿爾及利亞酒都很好。這位吞火人是個好人，別人用牙齒嚼東西，他卻用牙齦，很是有趣，他問我何以維生，我說我是個剛起步的作家，他問我寫些什麼，我說短篇故事。他說他知道的故事很多，有些比所有小說裡寫的還恐怖，還難以置信。他可以把這些故事說給我聽，我寫下來，如果賺了錢，就隨我的意思分他一點，要不乾脆跟他去北非，他可以帶我去藍色蘇丹的國度，就能找到些從來沒人聽過的故事。

我問他是哪一類故事，他說是戰爭、死刑、拷打、強姦，可怕的風俗，駭人聽聞的作為，荒淫放蕩，所有我需要的素材。這時我想到該回旅館看看史考特到了沒有，便付了帳單，說我們一定還會再碰面。他說要往馬賽去打工，我表示早晚會在某處再相遇，能一起晚餐很愉快。我走時他在把咬彎的硬幣扳平，一枚枚在桌上堆疊起來。我獨自回到旅館。

里昂的夜晚有些乏味，這是一個很大、資金豐厚的城市，如果你有錢，喜歡這類城市也許覺得不錯。我幾年前就聽說此地餐廳的拿手菜是雞肉，但我們點的是羊排，也很美味。

回到旅館仍然沒有史考特的訊息，我便上了床，讀從希微亞圖書館借來的屠格涅夫《獵人手記》第一卷。我已經三年不曾享受過大旅館的奢華，有點不習慣。我把窗戶打開，將枕頭捲起墊在肩膀和頭部下面，很愉快地隨著屠格涅夫進入俄國，讀著讀著就睡著了。第二天早晨我正在刮臉，預備出門吃早餐，旅館櫃檯打電話來，說有位先生在樓下等我。

「請他上來吧。」我說，一邊繼續刮鬍子，一邊傾聽這個城市清晨騷動的聲音。

史考特沒有上樓，我在樓下櫃檯見到他。

「搞得一團混亂，實在抱歉。」他說，「要是我知道你在哪間旅館，那就方便多了。」

「沒關係。」我說，我們還有長路要走，必須和平相處。「你是搭哪班火車下來的？」

「就是你搭的下一班，那班車很舒服，我們本來可以一道坐車下來的。」

「你吃了早餐嗎？」

「還沒有，我一直在城裡到處找你。」

「那就怪了，」我說，「你家裡沒告訴你我在這兒嗎？」

「沒有，賽爾妲身體不舒服，也許我不該來的，這趟旅行真是遭透了。」

「我們去吃早餐，找到車就上路吧。」我說。

「很好，要不要就在這兒吃早餐？」

「在咖啡館裡會快些。」

「但是在這裡會吃得比較好。」

「好吧。」

我們吃了一頓豐盛的美式早餐，有火腿、蛋，非常美味。但是點了菜等候上菜，吃完了等付帳，這就耗去了近一個小時。等服務生拿來帳單，史考特才決定要旅館為我們準備午餐盒，我想勸阻，因為我確定在馬孔（Macon）可以買瓶馬孔酒，再到熟食店買點東西做三明治。要不，如果我們辦完事，店鋪都打烊了，我們沿途也可以找家飯館用餐，但是史考特說，我告訴他里昂的雞肉很有名，我們一定要帶上一隻，於是我們讓旅館準備午餐盒，比我們自己買起碼貴上四、五倍。

史考特顯然在我們碰面前已經喝了酒，看他的樣子，像是還想喝，我就問他，在出發前要不要到酒吧喝一杯，他說他早上是不喝酒的，問我是否有此習慣，我說要看情況，還要看當天是否有事要辦。他說如果我想喝，他就奉陪，免得我一個人獨酌。於是我們到酒吧點了威士忌和沛綠雅汽泡水，一邊等候午餐盒。喝了酒，我們都覺得舒服多了。

雖然史考特要付所有的費用，我還是自己付了旅館和酒吧的帳單。從這趟旅行一開始，我就覺得有些糾結，多付點錢，感覺好多了，但這下把我們存下去西班牙的錢用掉了，好在我知道希微亞信任我，現在浪費掉的錢，可以向她借。

到了寄放車的修車廠，我才發現史考特那輛小雷諾汽車竟然沒有頂蓬，很是驚訝。車頂在馬賽卸車時損毀了，也許是在馬賽有其他事故搞壞的，賽爾妲於是下令拆掉而且不願意換新的。史考特告訴我，他太太討厭汽車頂篷，他們就開著沒頂篷的小車，一路開到里昂，直到碰上了大雨。車子其他狀況還好，洗了車，打了潤滑油，又加了兩公斤汽油，史考特討價還價一番之後，付了帳。修車廠的人告訴我，車子需要換個活塞環，還說，這車子顯然是在缺汽油、缺水的狀態下開了一陣。他讓我看，車子因為發熱，造成引擎漆剝落，他說，如果我能說服這位先生到巴黎換個活塞環，那麼這輛小車還是可以發揮它的功能的。

「先生不讓我換頂蓬。」

「是嗎？」

「開車的人是要對車子負責的。」

「是的。」

「你們兩位沒帶雨衣吧？」

「沒有。」我說，「我不知道車子沒有頂蓬。」

「拜託你請先生認真一點。」他懇求道。「至少認真對待車子。」

「哦。」我應道。

我們往里昂以北開了一個小時，就被大雨耽擱了。

那天我們被雨耽擱了不下十次，是陣雨，有時長有時短。若是我們有雨衣，在春雨中馳騁或許還挺愜意，可惜沒有，我們只能在樹下或沿途的咖啡館躲雨。幸好我們在里昂的旅館裡吃了一頓豐盛大餐，吃了一隻松露烤雞，配美味的麵包和馬孔白酒。每回我們停下喝馬孔白酒，史考特都很開心，到了馬孔，我又買了四瓶上好的白酒，想喝時就可以隨時開瓶。

史考特可能從來不曾對著瓶口喝酒，他興奮得像在貧民窟獵奇或像女孩第一次不穿泳衣游泳。但是到了下午兩、三點鐘，他就開始擔心自己的身體，他說最近有兩個人因肺充血過世，兩個人都死在義大利，讓他大為震驚。

我告訴他，肺充血是肺結核的舊稱，他說我對這病一竅不通，完全搞錯了。肺出血是歐洲本土的疾病，我即便讀過父親的醫學書籍也不可能知道，因為那些書所談僅限於美國的疾病。我說我父親也曾在歐洲讀書，但史考特說肺充血是最近才在歐洲出現的，我父親不可能知道，他又解釋道，美國不同地區的疾病各有不同，如果我父親是在紐約行醫而不是在中西部，那他認識的疾病領域就會完全不同，他用了「領域」這個詞。

我認為他的說法很有道理：某些疾病在美國一個地區流行，在其他地區卻罕見，比如紐奧良的痲瘋病率相當高，而在芝加哥病例卻甚少，但是，我說，醫生之間會交換知識和資訊。經他提起，我想起來曾在《美國醫學協會期刊》（*Journal of the American Medical Association*）讀過一篇關於肺充血的權威論文，將這個病的起源追溯到希波克拉底（Hippocrater）[6]本人，這讓他接不上話了。我要他再來一杯馬孔酒，因為醇厚、酒精含量低的優質白酒幾乎可以說是治這個毛病的特效藥。

6 Hippocrater（460B.C——？）：古希臘時代醫者，被尊為西方「醫學之父」。

喝下酒，史考特振奮了一些，但不一會兒又無精打采了，他問我在發燒和昏迷之前是否能趕到另一個大城市，發燒和昏迷就是我之前說的真正歐洲式肺充血的前兆。我把一篇在法國醫學期刊上的論文翻譯給他聽，這是我在納伊（Neuilly）美國醫院做喉部燒灼手術候診時讀到的。「燒灼術」這類字眼似乎有安撫作用，他又問什麼時候才能到下一個城市，我說，如果加足馬力，再二十五分鐘到一小時就到了。

史考特又問我怕不怕死，我說，有時候很怕，有時候不怕。

這時雨越下越大，我們進了一個村子，在一間咖啡館躲雨，那天下午的一些細節我已經記不得了。我們應該是在索恩河畔夏隆（Châlon-sur-Saône）找了一間旅館住下。夜色已深，藥房都打烊了，史考特一進旅館就脫衣服上床睡了，他說不在乎染肺出血喪命，他記掛的是賽爾妲和兒子小史考蒂。我自己有太太海德莉和兒子邦比要照顧，實在不知道如何有餘力照顧他們，但我還是表示我會盡力，史考特向我道了謝，叮囑我不要讓賽爾妲喝酒，還有，要為史考蒂找個英國家庭教師。

我們把衣服送去烘乾，身上穿著睡衣，外面仍下著雨，但室內有電燈，很愉悅。史考特躺在床上以節省體力對抗疾病。我為他把脈，一分鐘七十二下，摸了摸他的前額，沒有發燒，再聽了聽他的心跳，讓他深呼吸，聽起來也沒問題。

「喂，史考特，」我說，「你完全正常，如果你不想感冒，最好就是躺在床上，我去買兩份檸檬水和威士忌，你就著飲料吞一片阿斯匹靈，就舒服了，頭也不會痛的。」

「你這是老太婆的偏方。」史考特說。

「你沒有發燒。沒發燒，你他媽的怎麼會得肺充血？」

「別對我說粗話，」史考特說，「你怎麼知道我沒有發燒？」

「你的脈搏正常，手摸著也沒有燒。」

「手摸著，」史考特埋怨道，「你要真是個朋友，就去給我找支溫度計來。」

「我穿著睡衣。」

「叫人送來。」

我按鈴叫服務生，他沒來，我又按了一次，只好下樓去找他。史考特躺在床上，眼睛閉著，呼吸緩慢、謹慎，臉色蠟黃，相貌清秀，像一個死去的十字軍戰士。如果這就是我將來要過的文人生活，那我已經厭倦了。無法工作讓我沮喪，在每一天結束時我都感受到那種死亡似的孤寂，又是生命中被浪費的一天！我厭倦了史考特和這愚蠢的鬧劇，但我還是去找到服務生，給他錢去買一支溫度計，還點了兩杯鮮榨檸檬汁和兩杯雙料威士忌。我本想點一瓶威士忌，但他們只論杯賣。

回到房間，他仍仰臥兩眼闔著，莊嚴地呼吸，像墳墓上一座為自己雕的紀念碑。

聽見我走進房間，他問，「你找到溫度計了嗎？」

我走過去，把手放在他額頭上，並不像墓石那般冷，是涼的，但並不濕黏。

「沒有。」我說。

「我以為你會買一支。」

「我叫人去買了。」

「那不一樣。」

「是不一樣，好吧？」

你不能對史考特生氣，就像你不能對一個瘋子生氣，我開始對自己生氣，竟把自己搞進這麼一樁蠢事之中。不過他想的也有道理，這點我很清楚，那時候大多數酒鬼都死於肺炎，如今這個病幾乎已經絕跡，只是我很難把他當成酒鬼，因為他喝下去的酒精含量微不足道。

當時歐洲人認為酒就跟食物一樣正常、健康。酒是幸福、健康和歡樂的泉源。喝酒無關優越感也不代表成熟練達或追求時尚。喝酒就跟吃飯一樣自然，對我來說，喝酒是一種必要，吃飯時若不喝點酒或發酵蘋果汁或啤酒，這頓飯就難以下嚥。除了過甜或太烈，我喜歡所有的酒，我再也沒想到兩個人喝了幾瓶很清淡也不甜的馬孔白酒就會對史考特起了化學作用，把他變成蠢蛋，還有早上喝的威士忌加沛綠雅汽泡水，以我對酗酒的有限了解，再也沒料到一杯威士忌對一個在雨中開敞篷車的人能造成傷害，那點酒精應該很快就揮發了。

在等服務生把幾樣東西拿來時，我一邊看報，一邊把在上一站已經開瓶的馬孔酒喝掉。住在法國，每天都能從報上讀到些曲折引人的犯罪案，這些報導就像連載小說，但一定要看了開頭幾章才能接得下去，因為這裡的報導不像美國的連載故事，會有前情摘要。讀美國雜誌，一定不能錯過非常重要的第一章，但在法國旅行，讀報紙就很令人失望，因為看到的罪案、緋聞、醜聞缺乏連續性，就不如每天在咖啡館讀報那麼有樂趣。像今晚，我遺憾不能坐在咖啡館裡讀巴黎報紙的清晨版，一邊看人來人往，晚餐前再喝點比馬孔酒更有名的酒。此刻我在照顧史考特，就只能就地行樂。

服務生送來兩杯檸檬汁、冰塊、威士忌和一瓶沛綠雅氣泡水，他說藥房打烊了，買不到溫度計，但他借來幾片阿斯匹靈，我叫他想辦法找個溫度計，史考特這時睜開眼，用他那愛爾蘭人的眼神惡狠狠地瞪了服務生一眼。

「你有沒有說清楚情況有多嚴重？」他問。

「我想他知道。」

「請你把事情說清楚。」

我盡量說了，服務生說，「我去想辦法。」

「你給的小費夠嗎？只有給小費對他們管用。」

「這我倒不知道，我以為旅館會額外給他們費用。」

「我的意思是，只有給足了小費，他們才會替你辦事，這些人多半爛到骨子裡了。」

我想起謝普曼還有「丁香園」那位服務生。他在「丁香園」打造美國酒吧時，被迫剃掉鬍子。伊凡早在我遇到史考特時，就已經到那個服務生在蒙魯白的花園裡幫忙。想到我們在「丁香園」是很長久的好朋友，又想到所有的變化和對我們的影響，我想把「丁香園」種種都告訴史考特，雖然我以前也可能跟他提過，但我知道他並不關心服務生和他們的困難，也並不稀罕他們有多善良、多重情誼。那時史考特討厭法國人，他常接觸的法國人只有他不了解的服務生、計程車司機、修車廠工人和房東。他不時會侮辱，甚至欺負他們。

比起法國人，他更討厭義大利人，談起他們，即便沒喝醉也不能心平氣和。對於英國人，他討厭時居多，偶而容忍，甚至尊敬。我不清楚他對德國人和奧地利人的觀感，不知道他是否接觸過德、奧或瑞士人。

這天晚上在旅館裡，他很平靜，讓我很高興。我把檸檬汁和威士忌混攪好，連同兩片阿斯匹靈一起拿給他，他乖乖地吞了阿斯匹靈，出奇地平和，然後小口品嚐飲料，他睜著眼睛，望向遠方。我正在讀報紙內頁的犯罪案件，心情很好，可能好過頭了。

「你真是個冷血動物，是吧？」史考特說。看著他，我發現不是我搞錯了藥方，就是診斷錯誤，那杯威士忌發生了反效果。

「你這是什麼意思，史考特？」

「我都快死了，你毫不在意，還能坐在那裡看那狗皮倒灶的法國報紙。」

「你要我給你找個醫生？」

「不用，我才不看那些窩囊的法國鄉下大夫。」

「那你要什麼？」

「我要量體溫，然後把衣服烘乾，搭快車回巴黎，到納伊的美國醫院。」

「我們的衣服早上才會乾，現在也沒有快車，」我說，「你何不休息一會兒，在床上吃點晚餐？」

「我要量體溫。」

這樣折騰了很久，服務生拿來一支溫度計。

「你只能找到這樣一支溫度計嗎？」我問。服務生進來時，史考特已經閉上眼睛，看上去簡直就像茶花女[7]了，我從來沒有看過一個人臉上的血色消失得如此之快，真不知道他的血到哪裡去了。

「旅館只有這麼一支。」服務生一邊說一邊把溫度計遞給我，這是浴室測水溫用的溫度計，木製底座、金屬殼，使它能沉入浴缸。我吞了一口酸威士忌，打開窗戶看看外面的雨，轉過身，發現史考特正瞪著我。

我很專業地將溫度計甩了甩，說：「你運氣不錯，這不是肛門溫度計。」

「這種溫度計放在哪兒？」

「夾在腋下。」我跟他說，一邊示範把它塞在我的腋下。

「別把溫度搞混了。」史考特說，我再甩了甩溫度計，將他的睡衣解開，把溫度計放在他的腋下，邊摸摸他涼涼的額頭，把把他的脈，他的眼光直直向前望，脈搏七十二下，我把溫度計置放了四分鐘。

「我以為只要放一分鐘。」史考特說。

「這支溫度計很大，」我解釋，「測量時間和溫度計接觸面積成正比，這是攝氏溫度計。」

最後我把溫度計抽出，拿到檯燈下。

「多少度？」

「三十七度六。」

「正常是多少？」

「這就是正常溫度。」

「你確定？」

「確定。」

「你也量量看，我得確定。」我把溫度計又甩了甩，解開睡衣，把溫度計放在腋下，一邊看時間，然後再看了看溫度計。

7 Camille，法文原著《La Dame aux Camélias》法國作家小仲馬最著名的小說，一八四八年出版，小說描述一個年輕人愛上交際花的淒婉故事，後經義大利作曲家威爾第（Verdi）改編為同名歌劇《La Traviata》（1853）。

「多少度？」

我仔細看，「完全一樣。」

「你覺得怎麼樣？」

「好極了。」我說，我在想三十七度六到底是不是正常，這也沒什麼要緊，反正那溫度計穩穩地停在三十度。

史考特還有些半信半疑，我問他要不要再試一次。

「不用，」他說，「病這麼快就好了，值得高興，我身體的修復力一向很強。」

「你沒問題的，」我說，「但是我覺得你還是床上待著，吃一個清淡的晚餐，明天可以早點上路。」我本來打算買兩件雨衣，那就得向他借錢，而我不想現在就為買雨衣跟他爭論。

史考特不願待在床上，他要起來，換衣服下樓去打電話給賽爾妲，讓她知道他沒事。

「她為什麼會以為你有事？」

「這是我們結婚以來，我第一次不能跟她同床共寢，我一定要跟她說說話，你看得出來這對我們倆有多重要吧？」

我看得出來，但我看不出他倆昨晚怎能同床，不過這也沒什麼好爭辯的，史考特很快喝下檸檬威士忌，要我再叫一瓶，我找到服務生，把溫度計還給他，又問他我們的衣服乾了沒有，他說大概再過一個小時就乾了，「叫人把衣服燙一燙也就行了，不需要十分乾。」

服務生送來兩杯防感冒的藥，我小口吸也勸史考特慢慢喝，我開始擔心他真的會感冒。我現在已經了解他的情況，若真是壞到得了感冒，那恐怕就得住醫院，但他喝了藥，精神又好起來，這結婚以來第一次和賽爾妲分居的悲劇色彩讓他有點興奮，他迫不急待要打電話給她，於是穿上晨袍，下樓去打電話。

電話一時間接不通，他上來之後不多久，服務生又端來兩杯雙料檸檬威士忌，這是我看過史考特喝得最多的一次，但竟然沒事，只是有些躁動、話更多。他開始告訴我他和賽爾妲的戀愛經過，他們如何在大戰期間結識，曾經失去她，又把她贏回，如何結了婚，大約一年前在聖拉斐爾（St.-Raphael）如何發生了一件不幸的事：賽爾妲愛上了一位法國海軍飛行員。他第一次告訴我這個故事，的確令人傷感，我相信是真的，之後他又說了很多不同版本，像是預備寫小說的素材，卻都沒有第一次那麼悲傷，我一直相信第一個故事，雖然其中任何一個都可能是真的，故事一次比一次說得更好，卻都沒有第一次那樣刻骨銘心。

史考特口齒伶俐，很會講故事，他不需要會拼字，也不需要加標點，跟讀他的信完全不同，他的信若未經修改，你會以為是個沒受過什麼教育的人寫的，我認識兩年以後，他才會拼我的名字，當然這名字也實在太長，而且愈來愈難拼，他終於能正確拼出來，也就不容易了，他後來還學會拼更重要的字，也學會更清楚地思考許多事。

但這天夜晚，他要讓我知道，並且能了解、體會在聖拉斐爾究竟發生了什麼，我看得一清二楚。眼前彷彿就出現了那架單座水上飛機嗡嗡地低空掠過救生艇，看見海水的顏色，浮筒的形狀和它們在水上投射的陰影，還看見賽爾妲和史考特曬亮的膚色、他們深淺不一的金髮，還有愛上賽爾妲的那個男孩曬黑的面龐。然而，我卻不好說出我心中的疑問：如果這故事屬實，如果這些事真的發生過，那史考特怎麼可能夜夜都和賽爾妲同床共寢呢？不過，也許就因為這樣，它才會是我聽過最令人傷感的故事，也許他不記得了，就像他不記得昨晚的事。

電話還沒接通，衣服已經送來了，我們穿好衣服下樓晚餐，史考特現在有些不安，用眼角帶著挑釁的目光打量別人。開胃菜我們點了美味的蝸牛，配一瓶福樂利酒（Fleurie），吃到一半，史考特的電話來了，他去了大概一個小時，我把他的蝸牛也吃了，還把麵包撕成小塊，沾著奶油、大蒜和香菜的調味醬，配著酒，吃了個乾淨。他回來後，我要再給他點蝸牛，但他不要，說想吃點簡單的，他不要牛排、肝、醃肉，也不要炒蛋，但可以來點雞肉，我們中午才吃過非常好的冷雞肉，不過這裡是以雞聞名的，於是就點了布烈斯小母雞（Poularde de Bresse）和一瓶蒙塔尼（Montagny）酒，是這附近出產的一種清淡、愉悅的白酒。史考特吃得很少，小口喝著杯裡的酒，突然就兩手托著頭，在桌邊不醒人事了，過程很自然，不是演出來的，甚至像是很小心地不要灑了酒或打破東西。服務生和我把他扶回房間，躺上床，我把他的衣服脫了，只留下內衣，把脫下的衣服掛好，把床罩拉出來，蓋在他身上，打開窗戶，天氣已經放晴，就讓窗戶開著。

回到樓下，我用完晚餐還在想著史考特。很顯然，他完全不能喝酒，我沒有把他照顧好，他不管喝什麼都會受刺激，然後酒精中毒。我預備第二天盡量少喝酒，就跟他說，我們快回巴黎了，我必須自律，才能寫作，這不是真話，我尊奉的紀律是晚飯後、寫作前和寫作時滴酒不沾。我上了樓，把所有窗戶打開，脫了衣服，一上床就睡著了。

第二天，我們開回巴黎。天氣晴朗，穿過金丘（Côte d'Or）[8]，空氣清晰，山坡、田野和葡萄園都煥然一新。史考特身體好了，興高采烈，開始向我詳細講述阿侖（Michael Arlem）[9]每一部小說的情節，他說，阿侖是個值得注意的人物，還說，我們倆都可以向他學到很多。我說，他的書我看不下去，他說我不用看，他會告訴我情節並且描繪書裡的人物，他真是為我宣讀了一篇阿侖的博士論文。

我問他前晚與賽爾妲通話時，電路是否順暢，他說不錯，還說他們有很多話說。沿路用餐時我都只點一瓶最淡的酒，並且對史考特說，我要開始寫作，現在要克制，喝酒絕對不能超過半瓶，如果他能看著不讓我喝更多，就是幫我大忙了。他積極配合，但當他看到我在一瓶快喝完時面露焦慮，就會把他的份分給我一點。

我把他送回家，叫了一輛計程車回到鋸木廠的家，見到太太，欣喜異常，

8 Côte d'Or：金丘是一片如黃金般燦爛的土地，是法國勃艮地（Bourgogne）的頂級葡萄酒產區。

9 Michael Arlem（1895-1956），英國小說家。

於是到「丁香園」喝一杯，我們就像久別重逢的孩子般開心，我向她細述這趟旅行的經過。

「你不覺得好玩，也沒學到東西嗎？泰迪？」

「如果用心聽，我會認識了阿侖，或許我學到些東西，只是還沒理出頭緒。」

「史考特也不開心嗎？」

「可能。」

「可憐的傢伙。」

「但我學到一件事。」

「什麼？」

「永遠不要跟你不喜歡的人一起旅行。」

「這不也值得嗎？」

「是啊，而且我們要去西班牙了。」

「對，還有六個星期就出發了，這次我們不要讓任何人來掃興，是吧？」

「是的，到了潘普羅那之後，我們再去馬德里和瓦侖西亞。」

「喵——喵——喵——喵。」她像貓般輕聲說。

「可憐的史考特。」我說。

「人人都可憐，」海德莉說，「肥貓也會缺錢用。」

「我們太幸運了。」

「我們一定要好好做人，才能保有這幸運。」

我們倆都在咖啡桌上敲了敲，服務生過來問我們要什麼，但我們要的不是他也不是任何其他人，我們要的東西，敲木頭甚至敲大理石都沒用（這咖啡館的桌面不是木頭就是大理石），只是那天晚上我們還不知道，那時我們很快樂。

旅行回來一兩天，史考特把他的書送來了。書的封套色彩俗豔，那種刺眼滑溜、低級趣味讓我很不舒服，看起來簡直像是本不入流的科幻小說。史考特叫我不要理會，書套上畫的是長島國道旁的一張大看板，它在小說裡有重要作用，他說以前喜歡這書套，現在不喜歡了，我把它拿掉才開始讀。

讀完這本書，我確定了一件事：不管史考特做了什麼，不管他行為如何乖張，我要把他當個病人，而且竭盡所能去幫助他，做他的朋友，雖然他有很多好朋友，非常好的朋友，我認識的人中，沒有人比他的朋友多，我還是要加入，做他的朋友，不管是否能幫上他的忙，如果他能寫出像《大亨小傳》那樣傑出的作品，他就一定能寫出更好的作品。我那時還不認識賽爾妲，所以還不知道他承受的龐大壓力，但沒多久，我們就查覺了。

# 第十八章

# 禿鷹不分食

## Hawks Do Not Share

史考特邀請我們到他家跟他的太太賽爾妲和小女兒共進午餐。他們住在提爾西特街十四號一個附家具的公寓，我對他們住處的記憶不多，只記得很昏暗，空氣不流通，裡面的東西似乎都跟他們無關，除了史考特那幾本淺藍書皮、書名燙金的首部作品。他還給我們看一個很大的帳簿，裡面有他逐年出版的作品、稿費、改編電影的版權費，還有書本銷售和版權收入，條目清楚，簡直像輪船的航海日誌一般仔細。史考特以博物館館長般不形於色的自豪向我們一一解說。他殷勤好客，但有些緊張，讓我們看他的收入帳目就像看窗外景觀一般——只是他家沒有景觀。

賽爾妲宿醉未醒，他們前一晚在蒙馬特通宵達旦，但因為史考特不願多喝而起了爭執。史考特告訴我，他決心認真工作，不再喝酒，而賽爾妲似乎當他是「掃興」、「煞風景」。她用了這兩個詞形容他，引來史考特的抗議，賽爾妲卻說：「我沒有，我沒說過這種話，不要胡說，史考特。」後來，她像是想起了什麼，又開心地笑起來。

那天賽爾妲的狀態不是很好，她美麗的棕髮在里昂（因為淋雨而丟下車）燙壞了，一團糟，兩眼露出疲憊，臉龐緊繃。

她對海德莉和我很客套地熱誠款待，但是有些神不守舍，似乎人還留在前夜的派對裡沒有回來，她和史考特好像都認為史考特和我從里昂回來這趟旅程玩得非常開心，因此有些吃味。

「既然你們倆可以出去尋歡作樂，我也可以跟朋友在巴黎找些樂子，這樣才公平。」她對史考特說。

史考特是個十分周到的主人，但我們的午餐難吃至極，喝酒雖能稍稍助興，但也起不了大作用。他們的小女兒金髮碧眼，胖嘟嘟的臉龐，身材比例很好，模樣健康，說一口倫敦腔英語。史考特說，這是因為她有一位英國家教，他希望女兒長大後說話像黛安娜．曼納斯夫人[1]。

1 Lady Diana Manners（1892-1984），出身英國貴族，是公認二十世紀美女，活躍於巴黎、倫敦的社交名媛。

賽爾妲有雙鷹眼，嘴唇很薄，英國南方人的舉止和口音。看著她的臉，你就可以感覺她離開了餐桌，去了昨夜的派對，回來時兩眼像貓眼般空洞，然後開心地笑了，嘴邊漾起細細的笑紋，隨即消失。史考特是個興致很高的好主人，賽爾妲看著他喝酒時，眼睛和嘴唇都笑得很開心，後來我對她這笑容有了更深的了解，這笑意味著史考特再也不能寫作了。

賽爾妲對史考特的寫作很是嫉妒，等我們跟他倆熟了之後，才知道這事已成了週而復始的老套：史考特決心不參加通宵派對，每天做運動、規律地寫作，於是著手工作，正寫得順手的時候，賽爾妲就開始抱怨她如何無聊，硬把他拉去一個酩酊派對，兩人為此吵架，吵完又和好如初，史考特為了醒酒，得來找我長途散步，隨後又痛下決心：這次一定要好好寫，順利開工後，一切又重新開始。

史考特深愛賽爾妲，而且醋勁很大，跟我散步時，他多次提到她愛上那個法國海軍飛行員的事。那次事件之後，賽爾妲沒再讓他為男人吃醋，這個春天，卻因為她跟其他女人混蒙馬特派對而醋勁大發。他一向怕喝昏了頭，也擔心她喝昏，而一喝就不省人事正是他倆喝酒時最好的自衛之道。他們只要喝了些烈酒或香檳，就會像孩子般睡去，其實喝的量根本不足以對一個常喝酒的人產生作用。我曾見過他倆喝得不省人事，不像是喝醉，更像是打了麻藥，要靠朋友，有時候是計程車司機，把他們抬上床，等第二天醒來，又精神奕奕，興高采烈了。因為在喝下太多酒精傷害身體之前，他們早已不省人事。

但這回他們這自衛之道不靈了，現在賽爾妲酒量比史考特好，史考特擔心她跟那幫朋友在他們常去的地方喝得不省人事，史考特不喜歡那些地方，也不喜歡那幫人，為了忍受那地方、那些人，他得喝過量的酒還不能失控，甚至在平時該喝昏過去的時候還得藉喝酒來保持清醒，最終，他能工作的時間就很有限了。

他一直想好好寫作，每天都提筆，但總是寫不成，他歸咎於巴黎——世界上最適合寫作的城市。他一直以為可以找到一個地方讓他和賽爾妲在一起重新好好過日子。他想到蔚藍海岸（Riviera），那時還沒有大興土木，只有綿延無際的美麗藍色海岸、沙灘、大片的松林和一直延伸到海裡的艾斯特埃山脈（Esterel）。他想到他和賽爾妲第一次發現這美景時，還沒有人去那兒避暑呢。

史考特跟我大談蔚藍海岸，說我和太太明年夏天也該去，又告訴我怎麼去，還說可以幫我們找一個便宜的住處。我倆可以每天努力寫作，還可以游泳，躺在沙灘把皮膚曬成古銅色。每天只在中餐和晚餐之前喝一杯開胃酒，他說，賽爾妲在那兒也會很開心，她喜歡游泳，而且是潛水高手，她會喜歡那種生活，會希望他好好工作，一切都會井然有序，他和賽爾妲今年夏天就要帶女兒去。

我想勸他努力寫出他最好的作品，不要像他說的那樣，去迎合某種模式。

「你已經寫出一部很好的小說，」我對他說，「以後不能再寫那些無聊東西了。」

「那部小說銷路不好，」他說，「我得寫小說，還得有銷路。」

「努力寫出你最好的故事，盡量真誠。」

「我會的。」他說。

但照目前的情況看來，他還能寫就是萬幸了。很多人追求賽爾妲，她說她並沒有挑逗追她的人，她跟他們毫無瓜葛，只是覺得好玩，可以讓史考特吃醋，這樣他就得跟她去她喜歡的那些地方。這就毀了他的寫作，而她最嫉妒的就是他的寫作。

那年暮春和初夏，史考特努力排除障礙，但也只能找些零碎時間寫作，我見到他的時候，他總是開心的，有時候是強顏歡笑。他會說笑話，是個好玩伴，當他的日子難捱時，我聽他訴苦，想讓他知道，只要他把持自己，就能把他的寫作天賦發揮出來，除了死亡，沒有什麼是不能克服的。那時他就會自我調侃一番，只要他還能自嘲，我就知道他沒問題，經過這番努力，他寫出了一篇好故事《闊少爺》（*The rich Boy*），我很確定他可以寫得更好，後來果然如此。

那年夏天我們去西班牙，我寫了第一部小說的初稿，九月回巴黎後完成，史考特和賽爾妲去了安提堡岬角（Cap d'Antibes）。秋天我在巴黎見到他時，發現他變了很多，他在蔚藍海岸完全不控制酒量，日日夜夜都喝得醉醺醺的。他現在也不管別人是否在忙，喝醉時不論早、晚隨時來到聖母廣場街一百一十三號，對待地位比他低或他認為不如他的人，粗魯無禮。

有一次他從鋸木廠的大門進來，帶著小女兒——那天媬姆休假，女兒由史考特照顧——在樓梯口，她說要上廁所，史考特就開始幫她脫褲子，住在我們樓下的房東過來對他說：「先生，你前面樓梯左手邊就有廁所。」

「知道，你給我小心點，否則我把你的腦袋也給塞進去。」史考特對他說。

那個秋天，他的脾氣都很壞，但是在清醒的時候，他就會動筆寫小說。我看到他的時候，他難得清醒，但只要他清醒時，總是談笑風生。他還是愛開玩笑，而且會開自己的玩笑。當他喝醉了，他會來找我，因為醉了，他會以干擾我的工作為樂，就像賽爾妲干擾他一樣。這種情況持續了好幾年，那些年，除了清醒的史考特，我也沒有別的好朋友。

那個一九二五年的秋天，他生我的氣，因為我不給他看《太陽依舊升起》（*The Sun Also Rises*）的初稿，我告訴他，在我重讀並且修改完之前，給他看也無益，我不想先給人看或跟別人討論，我們預備去奧地利弗拉伯的席倫斯，只等第一場雪就動身。

在席倫斯我改寫了前半部，應該是元月寫完的。我帶著手稿到紐約，給史開布納出版社（Scribness）的柏金斯（Marc Perkins）看，然後又回到席倫斯，完成全書的修改。史考特是在四月底完全修訂、刪減過的稿子送到出版社之後才看到的，我記得還曾拿這件事跟他開玩笑，但他擔心得很，而且就跟往常一樣，急於幫忙，但是我在完成修正之前，不希望他幫忙。

我們住在弗拉伯時，我還在繼續修改那本小說。史考特帶著太太、孩子離開巴黎去下庇利牛斯山（Pyrénées）的一個溫泉城。賽爾妲有一陣子因為香檳酒喝多了，腸胃不舒服，被診斷為結腸炎。史考特沒再喝酒，開始寫作，他要我們六月去松林歡（Juan-les-Pins），他們會幫我們找一個便宜的別墅。這次，他不喝酒，我們可以像以前的好日子一樣，一起游泳、曬黑，過健康的生活，只在午、晚餐前各喝一杯開胃酒。賽爾妲的病好了，他們倆都很好，他的小說也進行得非常順利，那本《大亨小傳》改編成舞台劇，很賣座，還賣出電影版權。他現在沒有煩惱，賽爾妲情況非常好，一切都上了軌道。

五月間，我獨自待在馬德里寫作，當下就買了一張三等火車票，從拜永（Bayonne）到松林歡，一路餓得發昏，因為我把錢亂花光了。從法、西邊界的漢戴（Hendaye）吃了一頓之後，就沒吃過東西。我們的別墅的確很可愛，史考特那棟漂亮大宅也離我們不遠，看到太太和朋友很高興，太太把別墅打理得好極了。午餐前的那杯開胃酒風味絕佳，我們又多喝了幾杯，那晚大夥在賭場為我們接風，開了一個小派對，有麥克雷希（Macleishes）夫婦、墨菲

（Marphy）夫婦、費滋傑羅夫婦和已經入住別墅的我們。那晚喝的酒類酒精含量都不超過香檳，一片歡樂，這顯然是一個很適合作家寫作的地方，有作家需要的一切，除了孤獨。

那晚賽爾妲美極了，她的皮膚曬成漂亮的金色，配一頭金褐色頭髮，待人也很親切，一雙鷹眼清澈而平和。我知道一切都很好，也會圓滿結束。這時她突然俯身對我說，彷彿是透露一個大祕密：「恩內斯特，你不覺得艾喬森（Al Jolson）[2]比耶穌更偉大？」

當時，沒有人把它當回事，不過就是賽爾妲把她的祕密與我分享。就像禿鷹是不分食的，史考特再也沒有寫出好作品，直到他得知，賽爾妲精神失常了。

2 Al Jolson（1886-1950），美國歌手、喜劇演員，在他的鼎盛時期，被稱為「世界最偉大的藝人」。

第十九章

# 關於尺寸問題

## A Matter of Measurements

很久以後，賽爾妲得了當時稱為「精神崩潰」的那段日子之後，我們兩家正好都在巴黎，史考特邀我去賈克柏街（rue Jacob）和教皇街交口的米修餐廳，說有件非常重要的事要問我，這事對他重於一切，我必須絕對誠實回答。我答應會盡力，通常他要我說絕對實話時——這絕非易事——我總是如實回答，但我的話可能讓他發火，有時不在當下，而在事後，甚至在他反覆思考很久以後，那時他就非得把我的話銷毀，如果可能，也連帶把我一起毀掉。

吃飯時他喝了酒，但對他沒影響，因為他飯前沒喝。我們談寫作、談朋友，他還問起一些最近沒碰面的人，我得知他在寫一部很好的作品，但因為種種原因，遇到瓶頸，但這不是他要談的，我一直等著他說出來，那個一定要誠實作答的問題，但沒吃完之前，他就是不提，好像是談公事的飯局。

最後，上櫻桃塔和最後一壺酒時，他才說：「你知道我這輩子只跟賽爾妲一個人上過床。」

「噢，我不知道。」

「我想我跟你說過。」
「沒有，你跟我說過很多事，但沒提過這個。」
「這就是我要問你的問題。」
「好，說吧。」
「賽爾妲說，我的天生條件無法讓任何女人滿足，她當初就是為了這事沮喪，她說，這是尺寸問題，自從她說了那話，我再也不一樣了，所以我一定要搞清楚。」
「出來到辦公室去。」我說。
「辦公室在哪兒？」
「就是廁所。」
我們再回到餐廳，在桌前坐了下來。
「你完全沒問題，」我說，「你沒事，一切正常，當你自己從上面往下看，就覺得短了，但你可以到羅浮宮去看看那些雕像，再回家對著鏡子，看看側面。」

「那些雕像的尺寸不見得正確。」

「他們很不錯了，大部分人都會認可的。」

「那她為什麼要那麼說？」

「為了讓你成不了事，這是讓人成不了事最古老的辦法，史考特，你要我說實話，我還可以告訴你許多，但這就是絕對的實話，這就夠了，你也可以去看醫生。」

「我不想看醫生，我要聽你的真話。」

「你現在相信我嗎？」

「我不知道。」他說。

「那我們到羅浮宮去，」我說，「就在對街，過了河就到了。」

我們到了羅浮宮，觀察了雕像，他還是不相信自己。

「基本上，這不是平常的尺寸問題，而是它能變得如何，這也關乎角度。」我向他說明如何用枕頭還有些其他可能有用的東西。

「有一個女孩，」他說，「一直對我很好，但自從賽爾妲說了那句話——」

「不要管賽爾妲說了什麼，」我告訴他，「賽爾妲瘋了，你一點問題也沒有，要有自信，那女孩要你怎麼做，你就怎麼做，賽爾妲只是想毀了你。」

「你完全不了解賽爾妲。」

「好吧，」我說，「就算是吧，你找我吃飯要問我一個問題，我盡力給了你一個最真誠的答案。」

但他還是不相信。

「要不要去看幾幅畫？」我問，「這裡你除了蒙娜麗莎以外，還看過別的畫嗎？」

「我現在沒心情賞畫，」他說，「我約了朋友在麗池酒店的酒吧碰面。」

很多年以後，二次大戰已結束很久了，在麗池的酒吧裡，酒吧領班喬治——史考特在巴黎時，他還只是個服務生——問我：「老爹，費滋傑羅先生是誰啊？」

「難道你不認識他？」

「不認識，那時期的客人我都認得，現在別人卻只跟我打聽他。」

「那你怎麼跟他們說的？」

「就說點他們覺得有趣的、聽了高興的事吧，但是，你告訴我，他究竟是誰？」

「他是二十年代初一位美國作家，後來也在巴黎和海外待過一陣子。」

「那為什麼我不記得他？他是個好作家嗎？」

「他寫過兩部非常好的作品，還有一本沒寫完，對他作品最有研究的人都認為會是本傑作，他也寫過一些很好的短篇小說。」

「他常到酒吧來嗎？」

「我想他常來。」

「但是你在二十年代不來酒吧，我知道你那時很窮，不住在這一區。」

「我有錢的時候，就去克里翁酒店（Crillon）。」

「這我也知道，我還清楚記得我們第一次碰面的情景。」

「我也記得。」

「奇怪，我怎麼就不記得他呢。」喬治說。

「這些人都不在人世了。」

「但是你不會因為人死了就忘記的，老有人打聽他的事，你得告訴我一些，將來好寫進回憶錄。」

「可以。」

「我記得有一天晚上你和馮．布里克森男爵（Baron von Blixon）來這兒——那是哪一年？」他笑了。

「他也死了。」

「沒錯，但是大家都記得他，你懂我的意思吧？」

「他的第一任太太文筆非常好，」我說，「她寫的關於非洲的書是我讀過最好的，除了貝克爵士（Sir Samuel Baker）描寫阿比西尼亞（Abyssinia）各尼羅河支流的那本書之外，你可以把這段也寫進回憶錄，既然你對作家感興趣。」

「很好，」喬治說，「男爵是個不容易被忘記的人物，那本書名是什麼？」

「《遠離非洲》（*Out of Africa*）。男爵一直以這位太太的作品為榮，不過，她寫那本書之前，我們早就認識了。」

「還有那位人家一直向我打聽的費滋傑羅先生呢？」

「他是法蘭克當領班時的客人。」

「是，那時我還是服務生，你知道服務生是什麼吧？」

「我打算寫一本關於我早年在巴黎的書，書裡會談到他，我答應自己要寫這本書。」

「很好。」喬治說。

「我會把我第一次碰見他的印象如實地寫出來。」

「很好，」喬治說，「那樣，他要是真來過，我會想起來的，畢竟人不會那麼健忘。」

「觀光客呢？」

「那自然會。但你說他常來這兒？」

「對他那樣的人，算是經常了。」

「就照你的印象把他寫出來，要是他來過，我應該會記得。」

「以後看吧。」我說。

第二十章

# 巴黎永遠寫不完

There is Never Any End to Paris

那時我們家從兩個人增加到三個人。入冬之後，我們最終決定搬離巴黎，是因為太冷，天候惡劣。若是我一個人，只要習慣，天冷也無妨，我可以到咖啡館去寫，點一杯牛奶咖啡，就能工作一個上午，等服務生清掃完畢，就暖和些了。太太可以去教鋼琴，即使在很冷的地方，只要多穿幾件毛衣，彈著琴就不怕冷，彈完再回家照顧邦比。冬天不能帶小寶寶去咖啡館，即使他總是興味盎然地東張西望，從來不哭，也是不妥。那年頭還沒有托嬰的臨時工，邦比待在高欄杆的嬰兒床上，有可愛的大貓帕斯作伴，就很開心。有人說，把小孩單獨和貓放在家裡很危險，最無知和偏執的人甚至說，貓會堵住孩子的呼吸道，把他悶死。還有人說，貓會壓在小孩身上，讓他窒息而死。但我們的邦比待在那高欄的嬰兒床上，有帕斯守在旁邊，用他一雙黃色的眼睛看著門。當我們不在家，女傭瑪麗也必須外出時，牠絕不會讓任何人靠近邦比，我們不需要托嬰，帕斯就是媬姆。

然而窮人帶個孩子在巴黎過冬實在太辛苦。那時我們真的很窮，從加拿大回來之後，我已完全放棄新聞工作，小說一篇也賣不出去。元月時，邦比三個月大，我們搭肯納德航運的小客輪從紐約經哈利法克斯（Halifax）橫渡北大西洋。在十二天的航程中，他從來沒哭過，天候惡劣時，我們把他層層圍在一個睡鋪裡，免得被摔出去，他仍然樂呵呵。可是，巴黎對他是太冷了。

我們去了奧地利弗拉伯山的席倫斯，穿過瑞士就到了奧地利的費爾德克希（Feldkirch）邊境，火車駛過列支敦斯登（Liechtenstein）停在布魯登茨（Bludenz），轉乘一條小支線，沿著一條有卵石的鱒魚河，穿過河谷中的農莊和森林，就到了席倫斯。這是一個陽光燦爛的市集小鎮，有鋸木廠、店鋪、客棧，我們就下塌一家全年營業、很舒服的旅館「飛鴿」。

旅館的房間很寬敞，有大火爐、大窗戶、大床上鋪著很好的毯子和羽毛床罩。三餐簡單可口，餐廳和鑲著木板的酒吧間溫暖、親切。河谷寬闊，所以陽光充足。我們三人一天的膳宿費大約兩美元，而奧幣還一直在貶值，我們的膳宿也就愈來愈便宜了。但奧地利並沒有像法國那樣嚴重的通貨膨脹和貧困，奧幣時漲時跌，但長期趨勢是走貶的。

席倫斯山上沒有滑雪吊車，也沒有纜索，但有運木柴和牲口的鐵道，從各個山谷通往山頂。背著滑雪裝備徒步往上爬，在積雪深處，就需在滑雪板底綁上海豹皮。山谷頂峯有阿爾卑斯俱樂部（Alpine Club）為夏季登山客準備的木屋群，可以住宿。用了木柴，就自行付費，也有些需要自己帶木柴。如果到高山和冰河區作長程登山，就需雇挑夫背木柴和補給品。上了山，要選擇一個登山基地，最有名的是林道爾木屋（Lindauer-Hütte）、馬德萊納木屋（Madlener-Haus）和威斯巴登木屋（Wiesbadener-Hütte）。

在飛鴿旅舍後面有一個練習用的坡道，可以滑行於果園和田野之間。在山谷另一邊，查貢斯（Tschagguns）後面有一家漂亮的客棧，酒吧間的牆壁上展示各式各樣的羚羊角，過了山谷最遠端的伐木村查貢斯，就是最好的滑雪道，一直延伸到山巔，還可以越過山脈，從錫爾夫雷塔（Siloretta）直達克洛斯特斯（Klosters）地區。

席倫斯對邦比的健康很有益處，有一位美麗的黑髮女孩照顧他，帶他坐著雪橇在陽光下戲耍。海德莉和我忙著認識新的村鎮，鎮上的人都很友善。高山滑雪的先驅人物華賽・藍特（Walther Lent）剛開辦一個阿爾卑斯滑雪訓練營，我們倆都報了名。藍特有一段時期曾經跟偉大的阿爾山（Arlberg）滑雪家史納德（Hannes Schneider）合夥生產登山和各種雪地狀況使用的滑雪板蠟。藍特的教學宗旨就是讓學員儘快離開練習山坡，到高山上去。當時的滑雪和現在很不一樣。那時，背椎骨折不多見，斷一條腿很嚴重，也還沒有救生巡邏隊，想從哪裡滑下來，就要從那裡爬上去。這樣才能練就雙腿，能安全滑下來。

藍特認為滑雪的樂趣就是爬到山的最高處，那兒渺無人跡，雪地無痕，再越過阿爾卑斯山的高峯和冰河，從一棟木屋滑到另一棟。滑雪板不能綁得太緊，在滑倒之前，就要鬆開，以免折斷腿。藍特真正喜歡的，是不綁繩子，在冰河上滑行，但那得等到春天，山隘都覆蓋了積雪才行。

海德莉和我從第一次在瑞士小試身手，就愛上了滑雪。後來到了白雲石山脈（Dolomites）的科提那安倍佐（Cortina d'Ampezzo），當時海德莉快要生邦比了，米蘭的醫生只要我能保證不讓她摔倒，就允許她繼續滑雪。這就需要謹慎選擇場地和雪道，並且對滑行有絕對的把握。海德莉有一雙美麗且結實有力的腿，而且是滑雪高手，所以從來沒有摔過。我們都熟悉不同的雪地條件，也都知道如何在很深的粉狀積雪中滑行。

我們喜歡弗拉伯山，也喜歡席倫斯，經常感恩節前後去，一直待到近復活節。去了總會滑雪，其實席倫斯地勢不夠高，除了下大雪的隆冬，其他季節不能滑雪，但大家並不在意，因為爬山本身就是樂趣，只要能把登山的速度控制在遠低於能力範圍之下，就不費力，心臟也感覺很好，還對自己背包能負荷的重量十分自豪。到馬德萊納木屋的山坡有部分很陡峭、險峻，但第二次爬就容易多了，最後可以輕易地背負起第一次兩倍的重量。

我們成天肚子餓，每頓飯都是一件大事。佐餐的是淡啤或黑啤酒，還有新釀或一年的葡萄酒，最好的是白酒，其他還有山谷特產的燒酒或山產龍膽的蒸餾酒。晚餐有時會吃紅酒燉野兔或栗子燒鹿肉。這些菜都要配紅酒，這就比白酒貴，最貴的一公升要二十便士，一般的紅酒便宜多了，我們常裝在小桶裡帶到馬德萊納木屋去。

平常可以讀書，是從希微亞那兒借來過冬的。有時在旅館夏季花園的弄堂裡跟鎮上的人玩木球。每週一、兩次在旅館餐廳裡打撲克牌，那就得把百葉窗拉下，把門上鎖，因為那時奧地利禁止賭博。牌友包括旅店老闆奈爾斯（Herr Nels）、滑雪訓練營的藍特、小鎮的銀行經理、檢察官還有憲兵隊長。那可是硬碰硬的比賽，除了藍特，都是高手。藍特因為滑雪訓練營不賺錢，所以賭得很大。憲兵隊長只要聽到巡邏的憲兵在我們門口駐足，就把手指放在耳邊，我們就都不出聲，直到他們離去。

寒冬的早晨，曙光一現，女傭就來把房間的窗戶關上，在一只大瓷爐上生火，房間於是暖和起來，可以吃早餐了。有新鮮麵包、吐司、美味的蜜餞水果、大碗咖啡、新鮮雞蛋，如果要的話，還可以加火腿。旅店養了一隻狗，叫史諾茲（Schnauz），每晚睡在我們床腳，很喜歡跟我們去滑雪，在衝下雪山時，我就把牠背起來或跨在我肩膀上。牠也是邦比的朋友，常跟著媬姆守在邦比的小雪橇旁，出門遛達。

席倫斯是工作的好地方，我平生最艱難的改稿工作就是在那兒完成的。那是一九二五到一九二六年間，我把六週一氣呵成的《太陽依舊升起》初稿，寫成一部小說。其他還寫了哪些故事，我已忘了，但有好幾篇，都順利完工。

我記得我們肩上扛著滑雪板和滑雪杖，在寒夜中沿著村子的小路走回家，一路上雪片在腳下喀吱作響，遠處先看到燈火，終於看到建築，路上碰到的人都會禮貌地打招呼。小酒館裡煙霧繚繞，總是有很多足蹬釘靴、身著登山裝的村民，木製地板上滿是靴子的釘痕。這裡的許多年輕人都曾在奧地利阿爾卑斯軍團服役。有一個名叫漢斯的，曾在鋸木廠工作，是個出名的獵人，我們曾待過義大利同一山區，所以變成好友。我們一起喝酒，一起唱山歌。

我記得村子上方，有雪道穿過山間農場的果園和田地，還有那些溫暖的農舍，裡面有大火爐，雪地上木柴堆得很高，婦女在廚房裡梳理羊毛，再織成灰色和黑色的毛線。紡織機的輪子要用腳踩，紡線不染色，黑線就是從黑山羊身上來的。羊毛都是天然的，沒有去除油脂，海德莉用這種毛線織的帽子、毛衣和長圍巾，在雪地裡也不會有濕氣。

有一年聖誕節，鎮上的小學校長導了一齣薩斯（Haus Sachs）的戲，很是不錯，我為當地報紙寫了一篇劇評，旅館老闆把它譯成德文。還有一年，一位剃光頭、有很多傷疤的前德國海軍軍官，以日德蘭半島（Jutland）戰役[1]為題，作了一場演講，他用一個幻燈機讓我們看到兩方軍艦的行動，用一支撞球桿指著布幕，顯示傑利科（Jellicoe）[2]的懦弱，氣憤得有時聲音都變了調，校

1 日德蘭半島戰役：一九一六年英國皇家海軍與德意志帝國海軍在日德蘭半島的北海海域爆發的一場海戰，是第一次大戰中最大規模的戰列艦對戰。

2 John Jellecoe（1859-1935），英國皇家海軍元帥。

長擔心他的撞球桿會把布幕戳破。講完，那位軍官還激動不已，搞得酒館裡所有人都不自在。只有檢察官和銀行經理喝酒，而他們各據一桌。藍特來自萊茵區，拒絕聽演講，還有從維也納來的一男一女。那男的說，就是像演說者那種豬玀毀了德國，而且二十年後還會再次毀滅德國。那女子用法語叫他閉嘴，她說，在這種小地方，還是小心為尚。這兩人是來滑雪的，但不想上高山，就轉往齊爾斯（Zurs）[3]。聽說，他們後來死於雪崩。

那一年雪崩死了很多人。第一次重大事故是在阿爾山的萊希鎮（Lech），有一批德國人想在聖誕假期來跟藍特滑雪。那年雪下得晚，第一場大雪降下時，山巔和坡地在陽光下曬得很暖，雪下得很厚，且呈粉末狀，根本不能在地面結凍。在這種狀態下滑雪，再危險不過。藍特發電報給那批柏林人，叫他們不要來，但他們正休假，而且根本不知雪崩之嚴重。到了萊希，藍特拒絕帶他們滑雪，有一個柏林人就管他叫懦夫，還說，他們要自己去滑雪。最後，藍特只能帶他們去他能找到的最安全的山坡。他自己先滑下去，其他人跟著，未料整個山丘瞬間轟塌下來，像巨浪般將他們捲入。後來挖出十三人，其中九人已死。這滑雪訓練營從未興旺過，經此一難，就只剩下我們兩個學員了。我們認真去了解各種不同的雪崩，如何避險，還有萬一碰上要如何應對。那年我的寫作大多是在雪崩期間完成的。

那年冬天雪崩給我最慘烈的印象，是一個從雪堆裡挖出來的屍體，他彎蹲著身子，雙手圈起，放在頭前面，這是我們學到的標準作法，如此，被雪掩沒時，才能呼吸。那是一場大規模雪崩，花了很長時間才把所有被埋的人都挖出來，而這人是最後一個。他斷氣不久，頸子幾乎磨斷了，露出筋和骨。在這場雪崩之中，必然有些積壓已久的雪塊和新近滑下較輕的新雪。在雪的壓力下，他不停轉動頭部，不知道是故意這麼做還是他已神智不清？當地神父拒絕讓他入葬教堂墓地，因為無法證明他是天主教徒。

3 齊爾斯：阿爾卑斯山著名冬季運動勝地。

住在席倫斯時，我們習慣長途跋涉，爬上山谷，在一家客棧先過一夜，隔日再攀上馬德萊納木屋。那是間美麗的老客棧，我們平常吃喝的那間屋子，四壁的木頭都在歲月中磨得發亮，餐桌椅也是亮澄澄的。夜晚，我們依偎在一張大床上，蓋著羽毛被，窗戶大開著，星星特別近也特別亮。早上吃過早餐，我們就整裝出發。在天還沒亮前，背著滑雪裝備，在又亮又近的星光下，開始爬山。挑夫的滑雪板很短，背的行李特別重，我們相互比賽，看爬山時誰能背最重的行囊，但我們都無法跟挑夫比。這些矮壯、陰鬱的農民，只會說蒙塔馮（Montafon）方言，他們步伐穩健，有如馱運的馬匹，到達山頂，找到阿爾卑斯俱樂部在覆雪的冰河懸崖旁興建的木屋，就把背的東西卸在石牆邊。他們要的價碼總是比講定的高，經過一番討價還價，錢一到手，就像個小精靈，一溜煙滑下山去了。

我們的朋友中有一個跟我們一起滑雪的德國女孩，高山滑雪非常出色，她個子小，但身材很好，她的背囊跟我的一樣重，但她揹的時間比我長。

「這些挑夫看我們的眼光像是在等著揀屍似的，」她說，「上山的價格是他們訂的，之後卻總免不了漫天要價！」

冬天在席倫斯，高山雪地上的陽光太強，把我的臉都曬傷了，於是留起落腮鬍，也不再剪頭髮。一天夜晚，我從伐木小道滑下山，藍特告訴我，那些路過的農民叫我「黑基督」，到了酒館裡，則叫我「喝燒酒的黑基督」。我們雇挑夫上蒙塔馮山頂的農民卻把我們當成外國鬼子，在不該上山的時候跑上山來。至於我們在天亮之前出發，以躲過曬太陽可能引發的雪崩，這也不是我們高明，只表示我們這些外國鬼子很狡猾。

我仍記得松樹的氣味，還有那些夜晚，住在伐木工人的木屋裡，睡在山毛櫸葉的床墊上。白天在森林中跟隨野兔和狐狸的足跡滑行。還記得，在高山森林線之上，我曾經追隨一隻狐狸的足跡，直到牠進入我的視線之內。看著牠抬起右前腿，然後又小心翼翼地放下，停下來，再瞬間一躍，驚起雪地中的一隻松雞，刷刷聲中白光一閃，飛越山背而去。

我記得，陣風吹過形成雪的各種姿態，在滑雪時會造成各類陷阱，還有高地的登山木屋遇上大風雪形成的奇幻世界，每一次都像踏入一個未知的國度，要非常小心地找出一條路來。未知，因為全是新的。最後，在春天將臨時，迎來了最壯闊的冰河滑雪——平滑、筆直，只要腿能撐得住，就可以一路筆直地滑下去，鎖住腳踝，躬身向前，飛速在輕脆碎冰的嘶嘶聲中，無止盡地向前滑，這比飛行或任何其他事都過癮。我們練就了這樣的功夫，可以揹著沉重的背包，長途攀爬。不靠花錢上山，也沒有到山頂的門票，這是我們整個冬天的目標，整個冬天的努力才讓它實現。

在山上的最後一年，許多新來的人長驅直入地闖進我們的生活，從此一切都變了樣。比較起來，雪崩的那個冬天像是快樂無邪的童年，而之後的那個冬天是一個夢魘，卻偽裝成一團歡樂。接著是殘酷的夏天，就是那一年，有錢人出現了。

有錢人總有個導航魚在前面探路，他時而耳朵有點聾，時而眼睛有點花，但永遠和藹可親，戰戰兢兢，在前面嗅風向。導航魚說話。是這樣的：「嗯，我不知道，當然也不全是，但我喜歡他們，我喜歡他們兩個，是的，上帝作證，海，我真的喜歡他們，我知道你的意思，但我是真心喜歡他們，她就是特別討人喜。」（他說出她的名字，語氣充滿愛慕。）「不，海，不要犯傻，不要那麼難搞，我真的喜歡他們，兩個都喜歡，只要認識他，你一定會喜歡他的（用他娃娃腔的小名），他們倆我都喜歡，真的。」

後來，有錢人來了，一切都不一樣了，導航魚當然是會離開的。他不是正要出發，就是剛回來，從不會待很久。他年輕時，進出政治或戲劇圈就像他出入各國和別人的生活。他不會被絆住，沒有富人能絆住他，沒有任何東西能絆住他。被絆住而且被害死的正是最信任他的人。他年少時便練就一種根深蒂固的虛偽，還有一種潛在的、長期被壓抑的對金錢的渴望。他賺的每一塊錢都能將本求利，最終他也成了有錢人。

那些富人喜歡他、信任他，因為他很害羞、有趣、難以捉摸，而且已經有生產力，當然，也因為他是個從不出錯的導航魚。

如果，有兩個人彼此相愛，幸福歡樂，其中一人或者兩人工作很有成就，別人自然會被他們吸引，就像候鳥夜間被強大的燈塔召喚。若是這兩個人如燈塔般堅實，那麼受傷的是候鳥，而不是他倆。那些以幸福和成就吸引人者，通常涉世未深，他們不懂如何避免被碾，如何逃生，他們常常沒能了解那些善良、迷人，有吸引力、惹人愛、慷慨、體諒的富人。那些富人其實也沒有什麼壞習慣，他們把每天都活成一個節慶。只是他們所經之處，就吸盡所有養分，留下的殘景比匈奴鐵蹄踐踏過的焦土更荒涼。

那幫有錢人是導航魚帶來的。一年前，他們絕對不會來，因為事情還沒有把握。工作進行順利，生活幸福美滿，但是還沒有寫出一本小說，所以他們還沒有把握，而他們是不會在沒把握的事情上浪費時間和精神的，何必呢？對畢卡索他們是有把握的，在他們還不知繪畫為何物之前，他的價值就已確定。他們對另外一位畫家也很有把握，還有很多別的畫家。但是這一年他們十分有把握，因為導航魚給了保證，他自己也跟來了，如此我們就不會覺得他們是外來人，我也不會找麻煩，導航魚當然是我們的朋友。

那時候，我信任導航魚，就像我信任地中海水道航行校正指南或是《布朗航海年鑑》（*Brown's Nautical Almanac*）。在這些有錢人的魅力之下，我盲從、愚蠢得像一條獵犬，見到一個帶槍的人就跟他走；像馬戲班裡訓練有素的豬，終於找到一個真正喜歡、欣賞牠的人。每一天都該是一個節慶，這對我是件奇妙的新鮮事。我甚至大聲朗誦改寫完的小說，這恐怕是一個作家墮落的極限了，比在大雪覆蓋冰河裂縫前就鬆開滑雪板還要危險。

當他們說：「太棒了，恩內斯特，真的很棒，你自己都不知道它多厲害。」我就暈陶陶地直搖尾巴，完全沉浸在尋歡作樂的生活之中，想看看是否能從中找到些美妙的東西，卻從來不想：「如果這些蠢蛋都喜歡，那它是哪裡出了問題？」如果我是個專業作家，這才是我該想的。其實，我若真的是個專業作家，根本就不該把小說讀給他們聽。

在那幫有錢人出現之前，已經有另一個有錢人用最古老的伎倆介入我們之間。[4]一個未婚的年輕女子成了一位已婚女子的短暫閨蜜，於是搬去跟那對夫婦一起生活，在不知不覺中，天真無邪但處心積慮地要嫁給人家的丈夫。這位丈夫是個作家，工作辛苦，一天中大部分時間都很忙，不是太太的好伴侶，有個朋友陪伴是好的，後來才知道其中蹊蹺。這位丈夫工作完畢時有兩個很有魅力的女子陪伴，其中一位新鮮而陌生，如果運氣不好，就同時愛上兩個人。

於是，這個家不再是兩個大人帶一個孩子，而是三個大人了。起初，很刺激、很好玩，這狀態就持續下去。所有真正邪惡的事都是從純真中開始。你就這樣日復一日，享受齊人之福，不去多想。你開始撒謊，又憎恨謊言，這就毀了你，情況日漸危險，而你就像在戰爭中，拖一天是一天。

我需要離開席倫斯，去紐約另找出版商。紐約的事辦完了，回到巴黎，本該在巴黎東站搭第一班車去奧地利，然而那時我愛的女人在巴黎，我沒有搭第一班車，也沒搭第二班、第三班……

當火車沿著木柴堆，駛進火車站，我看見太太站在鐵道邊，我多希望在愛上別人之前死去！她笑著，可愛的臉蛋在太陽和雪地曬成古銅色，身材姣好，頭髮在太陽下金裡透紅，經過一個冬天，長得蓬亂而美麗。邦比先生站在她旁邊，金髮、胖嘟嘟的，像一個弗拉伯山區的孩子。

「啊，泰迪，」我把她擁入懷中，她說，「你回來了，這趟旅行一切順利，我愛你，我們好想你。」

我愛她，我只愛她一個。我們倆單獨相處的時候，日子很美妙，工作效率高，旅行也很愉快。我以為我們再不會被傷害，但是當春日將盡，我們離開山區，回到巴黎時，那件事又開始了。

我們在巴黎的第一階段就此結束。昔日的巴黎永不復返，但巴黎永遠是巴黎。巴黎變了，你也跟著改變。我們沒有再去弗拉伯山，那些有錢人也沒再

4 這位富家女寶琳・菲佛（Pauline Pfeiffer）後來成為海明威第二任妻子。

去。

巴黎永遠寫不完，每一個在巴黎住過的人，都有不同的記憶。不論是什麼人，不論巴黎怎麼變，不論去巴黎多容易，多困難，我們總會再回巴黎。不論你帶去什麼，總會得到回報，巴黎永遠是值得眷戀的。這裡寫的，是早年在巴黎的那段日子，那時我們很窮，但很快樂。

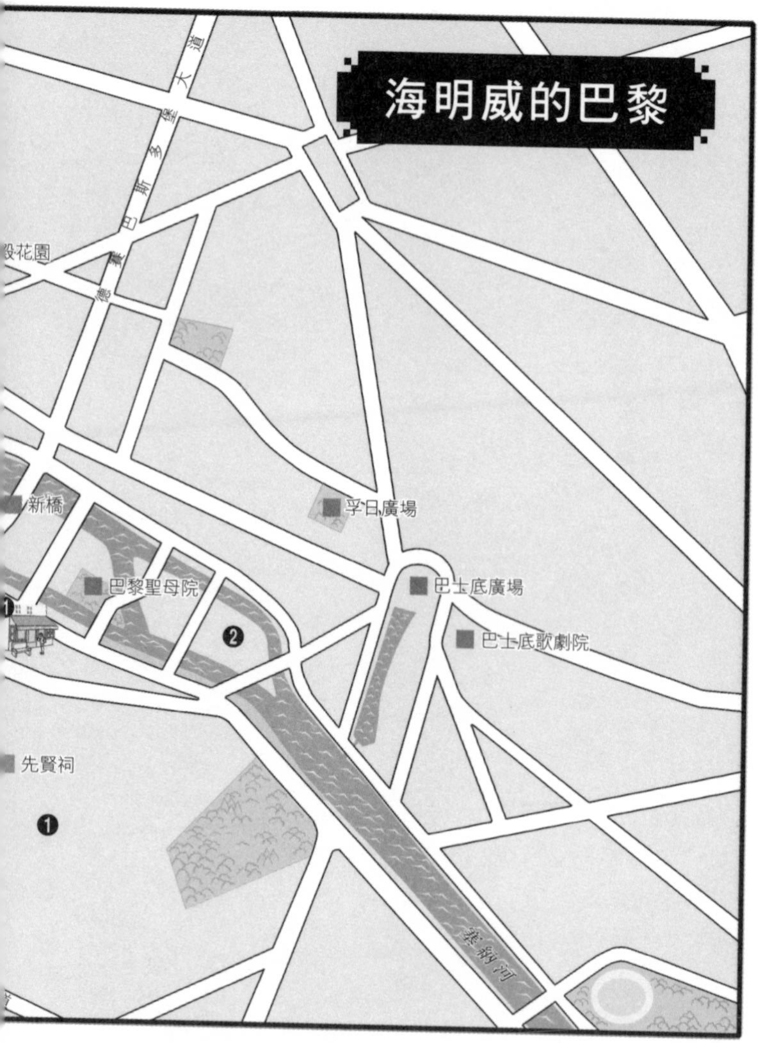


6. 圓亭 La Rotonde
7. 「丁香園」咖啡館 La Closerie Des Lilas
8. 花神咖啡館 Café de Flore
9. 雙叟咖啡館 Les Deux Magots
10. 力普酒館 Brasserie Lipp
11. 莎士比亞書店 Shakespeare and company
12. 羅浮宮 Musée du Louvre

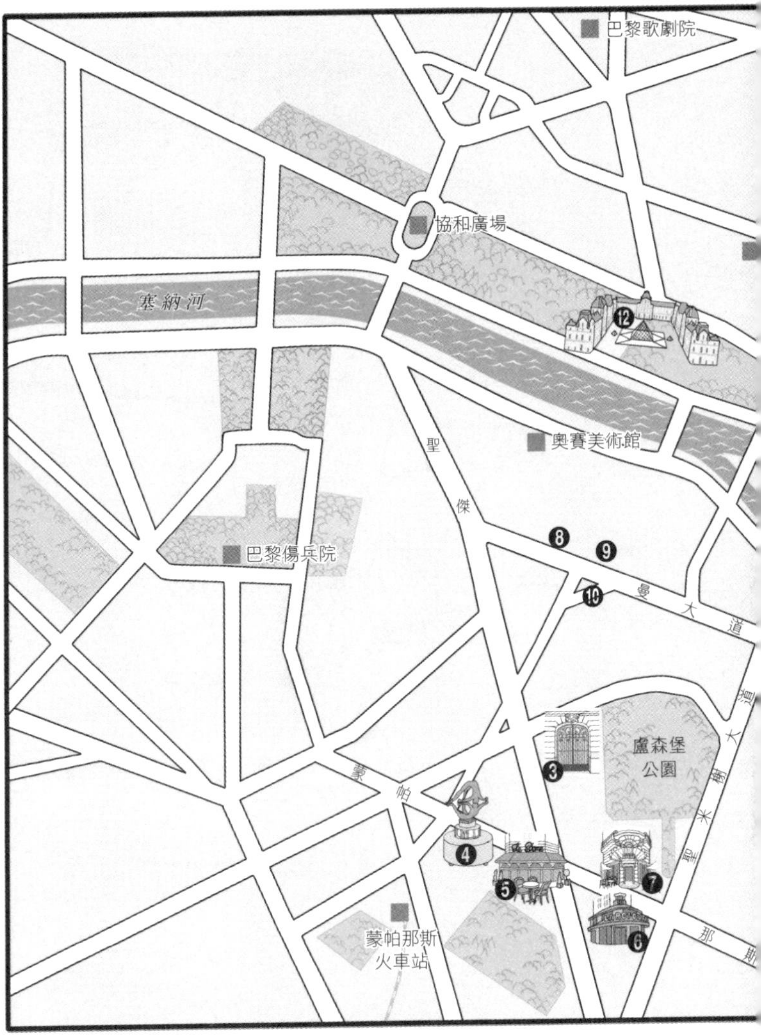


1. 海明威和海德莉的第一個公寓
   74 Rue du Cardinal Lemoine
2. 聖路易島
3. 葛楚史坦的家
   27 Rue de Fleurus
4. 圓頂咖啡館 La Coupole
5. 穹頂咖啡館 Le Dôme

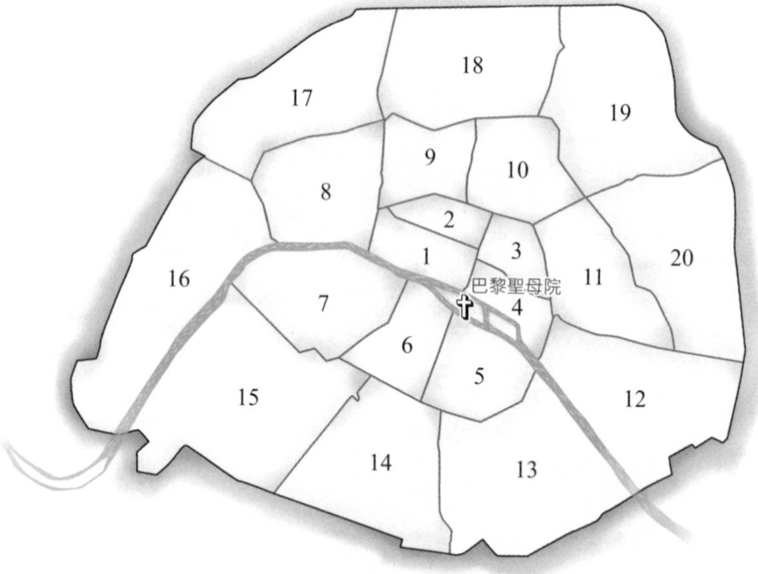


巴黎市以巴黎聖母院（Notre-Dame）為中心，劃分為20個行政區。

*There is never any ending to Paris...*

盧森堡公園 *Jardin du Luxembourg*

巴黎聖母院 *Notre-Dame de Paris*

Flamant

莎士比亞書店

*Shakespeare and company*

Some people
me the Do
Quixote of th
Latin quarter bec
my head is so f
up in the clou
that I can imagin
of us are angels
paradise, and inst
of being a bonafi
bookseller I am more
a frustrated novel
This store has roo
like chapters in
novel and the fact
Tolstoy and Dostoyev
are more real to
than my next doo
neighbors and ev
stranger to me is th
fact that even bef
I was born Dostoyevs
wrote the story o
my life in a boo
called 'The Idiot' an
ever since reading
I have been searchin
DAVID HOSP

塞納河 *La Seine*